AQUARIUS

AQUARIUS

AQUARIUS

AQUARIUS

每個人心中都有一座島嶼，
藉文字呼息而靜謐，
Island，我們心靈的岸。

返校日

A Separate Peace

約翰・諾斯（John Knowles）著　葉佳怡譯

【推薦序】

青青校樹，戚戚我心

作家／莊裕安

兒子初中時，有陣子迷賽車。某天他看體育台，我很少光顧的頻道，電視溢出一個十分熟悉的聲音。啊，我的教會寄宿初中死黨羅賓，英語演講比賽老拿第一名的口調，如今變成F1方程式的主播DJ。

我能吹噓點什麼嗎，那時他座位跟我連在一起，整個青春期是看著他後腦杓長大的。大小考試分工合作，從沒失手被監考活逮。閒來無事最多的嚼舌，不外乎預測下禮拜Billboard Top 100榜單，新歌名次上下速度誰神準。雖然是雙胞胎破銅鬥爛鐵的哥兒們，一畢業風箏各自飛，這傢伙到底先念台灣高中還是先移民美利堅，我竟然忘得一乾二淨。

如果走E．M．福斯特路線，他應該吻我，但我們只軋過腿毛沒比過陰毛。倘若循凱魯亞克布局，我們應該徒步一整個暑假的花東縱谷，但兩隻蚱蜢連相約翻牆都不曾。是啊，我們沒一起嫖過沙林傑的妓女，沒賭過史蒂芬．金的臥軌，沒幫過馬克．吐溫的農奴逃脫，沒鬧過歌德的不倫三角戀，沒誣賴過麥克尤恩的性侵，更不用說跟一隻孟加拉虎漂流大海！所有通俗或經典青少年成長小說，應該發生的轟轟烈烈啟蒙情節，一件也沒發生在我們身上。這個在電視上口沫橫飛的禿頭大叔，是我半碼子事也掏不出來炫耀的初中同學！福樓拜你騙人，再平庸的人生都擠得出一本好小說，我跟羅賓就沒有。

閱讀《返校日》前四分之一篇幅，菲尼斯跌斷腿被救護車送回波士頓老家前，我一直在想我的初中同學羅賓，很努力搜尋記憶庫，有沒有可能和他發展出一本小說線索。約翰．諾斯可真沉得住氣啊，開頭的敘事真平淡，有如我跟什麼事也沒發生的羅賓，兩個專批等因奉此偽裝成中學生的小公務員。

有些交響曲門面第一樂章並不氣派，第二樂章才開始蕩氣迴腸，諾斯此小說，應數這類型，醞釀期拉得老長，主題發展別具張力。故事的悲劇場面極可能發生在我跟羅賓身上，比如，在籃球場上互架拐子，搞到有人骨折得送去打石膏，或是，趁一方坐下，另一方抽空椅子，讓他跌個狗吃屎。不時社會版總會報導，校園如戰場，總有學生不小心傷於難以預防的美工刀、陽台、桌角、樓梯、實驗室、欄杆、游泳池。

諾斯營造的故事沒有被地方報記者當做一天的花絮消費掉，在於他從一樁意外發展出救贖與幻滅，扣緊時代氛圍的深刻成長啟蒙。這部小說是諾斯的處女作，自傳色彩相當濃厚，敘事者基恩的年紀與諾斯一般，他就讀的戴文中學校史也與諾斯自己的母校菲利普中學如出一轍。菲利普中學是美國的菁英貴族寄宿學校，為常春藤聯盟儲備人才，老布希總統也是校友，他和諾斯一樣，畢業後順利進入耶魯。

戴文中學的高中生都是一時之選，基恩與菲尼斯這對室友尤其頂尖，惺惺相惜之間不免也有瑜亮情結，畢竟畢業致詞代表只能一人擔綱。基恩對菲尼斯的傷害並非預謀蓄意，不過是臨時起意的小奸小詐，之所以會產生莊重的悲劇感，必須放到大歷史相互呼應。關鍵的一九四二年夏天，日本在前一年底偷襲珍珠港，美國正展開大反撲。

英文書名*A Separate Peace*，有多重寓意。從大格局來說，當時蘇聯與納粹在莫斯科簽署的「蘇德互不侵犯條約」，就被史家看做是「A Separate Peace」，兩國想自絕於混亂戰況的私密和平約定。基恩與菲尼斯出事後遭到同學「紐倫堡大審」一般「開庭」調查，菲尼斯一直想製造機會幫基恩開脫，他有自己處理這件事的觀點與態度。但一如蘇德兩國無法因互不侵犯私約受惠，基恩的「罪行」不是菲尼斯個人說原諒就可以私了的。

菲尼斯何等聰明，他認為咎責於事無補，轉而將基恩當做自己意志與肉體的延伸。基恩對菲尼斯永遠都有隱隱的歉意，菲尼斯掌握這種幽微的優勢，不願意在審判庭破局。菲尼斯何等愚蠢，他一面妄想戰爭是有權有勢肥佬豬玀製造出來的騙局，一面卻向蔣介石、戴高樂投寄履歷，希望能到海外從軍。這一群高中英才，每一個都比我們想像來得純真，也比我們想像來得複雜。

基恩在菲尼斯的葬禮沒掉淚，他說，人在自己的葬禮是流不出眼淚的，因為死者沒有淚水。上一段筆者才說，斷腿的菲尼斯想把基恩當做自己意志與肉體的延伸，這個節骨眼，懺悔的基恩把菲尼斯當做意志與肉體的終結。一個硝煙蔓延的年代，兩個來不及親赴戰場的年輕人，或傷或死於如此窘迫的場景，真叫人不勝唏噓。國與國戰，人與人爭，終極的和平在哪裡？終極的和平在個人自己的內心裡，只有自己跟自己的解脫釋懷，才有真正的和平寧靜。

《返校日》有如散文體的小說，戲劇情節固然重要，但不是懸疑推理類型。相反，緊湊關鍵場面，比如菲尼斯落水段落，諾斯寫來極淡極輕。小說家無意仲裁臧否，觀點含蓄玄遠，留給讀者諸多延伸空間。圍繞主角周圍的同學，每個都有自己對升學、對參戰的糾結與妥協。貴族寄宿中學的開放校風與活潑社團活動，造就美國一代領袖人物的溫床花房，在在都是迷人的書寫。

別說如此簡單的情節沒有梗，這部小說曾兩度拍成電影。一九七二版導演拉里．皮爾斯、二〇〇四年版導演彼得．葉慈，都見證故事的完整動人。可惜這兩部電影發行不廣，倒是二〇〇五年奧斯卡最佳影片、導演、劇本、男女配角五項提名的《尋找新方向》，劇終男主角在寫作班授課時，課堂裡中學生朗誦的段落，便是基恩在葬禮的獨白。《尋找新方向》是部描述兩個中年麻吉老友排遣百無聊賴人生的公路遊歷電影，編劇選擇壓軸插入此段唸白，有劇作家想跟諾斯致敬與文本互涉獨特寄寓。包括這幾天，禿頭羅賓大叔會在四十年後頻頻出現我的回憶腦海，也算諾斯帶來的「返校情結」。

1

我在不久前回到了戴文學校。比起十五年前在那兒念書時，整間學校不但變得簇新異常，也比記憶中沉靜。建物看來直挺拘謹，窗戶變窄，木頭部分變得更閃亮，彷彿全被刷上一層用來完整保存建物的亮漆。不過當然，這裡十五年前發生過戰爭，當時學校或許不像現在維護得這麼好；又或許在當時，這層亮漆般的光澤和其他一切都被戰爭帶走了。

我並不是很喜歡這一層光亮的外表，因為那讓我的學校看來像座博物館，雖然對我來說，這學校確實是座博物館了，但那並不是我期待的結果。在內心深處一個隱蔽但確實的角落，在那個感性足以戰勝理性之處，我一直覺得戴文是在我入學時才開始存在，並且在我就學時才變得真實又光彩四射，而只要我一離開，戴文就會如同蠟燭般轉瞬熄滅。

然而學校畢竟還在這裡，被細心的人用亮漆與蠟保存得很好。除此之外，那些在密閉室內的沉滯空氣及環繞於此的恐懼也被保留了下來。我之前不知道自己對此感到如此恐懼。因為長久以來，我已經習慣了恐懼的存在，也不知道免於恐懼的感受為何，導致之前的我甚至分不出自己是否恐懼。

十五年了。現在我終於能清楚意識到自己當時活在恐懼中，這也證明我在中間這段時間成就了一件重要的事：我終於從恐懼中逃出來了。

我還是能感受到恐懼的餘波，但也難以抑止地感受到那曾經身為恐懼附屬物及對立面的喜悅之情。因為即使在那樣的日子裡，喜悅仍會偶爾爆發，並如一道道北極光劃破黑暗天際。

現在既然到了學校，我想去拜訪兩個令我感到恐懼的地方，而且正是因為恐懼才要去拜訪。所以在戴文旅店用完午餐後，我又走回學校。當時接近十一月底，是一年中最生冷又最無特色的時節。潮濕到接近自憐的十一月天，讓所有塵土都一片片稜角分明地凝固起來。戴文這地方還算幸運，不常有冰封的冬日，也不常出現新罕布夏特有的熾烈夏日，但今天的空氣實在潮濕，甚至還有一陣陣抑鬱的冷風環繞著我。

我沿著吉爾曼街走，那是鎮上最棒的街，街上的房子都如同記憶中那般漂亮不凡，它們包括了成功現代化的老殖民時期牧師宅邸、維多利亞式的木頭加蓋屋，還有豪奢的仿希臘宮殿式建築。這些建築全美得令人驚豔，卻又拒人於千里之外。我幾乎從未看過有人進出這些房子，也沒看過有誰在草坪上玩耍，甚至連一扇打開的窗戶都沒看過。到了今日，這些房子上的藤蔓枯萎，樹木也殘破哀愁，讓一切看起來比往常更加優雅，但也更加死氣沉沉。

就像所有老舊的好學校一樣，戴文的校舍並沒有隔絕在圍牆或大門的另一側，而是從城鎮中自然地延伸出來。所以當我接近校舍時，景色完全不會讓人感到突兀。我知道我只要沿著吉爾曼街走，一旦發現建築的狀態愈來愈不適人居，就代表我離學校愈來愈近；而等那些建築看來破敗時，就代表我已經抵達了目的地。

時間剛過正午，大家都在運動，所以校舍間的開放場地和建築物看來杳無人跡。我獨自穿越名叫「遠廣」的寬廣庭園，沒遇到任何足以讓我分心的事物，接著我走上一棟建築，那建築和其他一樣皆由紅磚建造，整體均衡，只是多了一個大圓頂和掛鐘，門廊上方還寫了拉丁文：第一學院大樓。

穿過兩扇彈簧門之後，我進入一個大理石造的門廳，最後停在一道漫長的大理石階梯底下。樓梯很老舊了，但每個階梯面的磨損卻不深。這大理石顯然硬得不尋常，看來非常有可能就是事發原因。我確實常常想起這座階梯，卻從未注意到它絕佳的硬度。看來我是忽略了這項極為關鍵的事實。

不過，除了我在戴文就讀時，每天都得在這道階梯上下通行至少一次之外，這樓梯就沒什麼值得注意的地方了。這兒看起來完全沒變，那麼，我呢？當然，我感覺自己老了一些，這很自然（我從那一刻起開始檢視自己的心理狀態，想知道自己康復得如何）。當然，我變高了，和這道階梯比起來，我的身形也更高大了。我有了更多錢，變得更成功，不過相較於過往被恐懼之靈糾纏而起伏的自己，現在的我還有了所謂的「安全感」。

我轉身，重新走到室外。「遠廣」還是空的，我則沿著寬廣的碎石道走向學校另一端，這條石徑往前延伸，蜿蜒穿梭在那些帶有共和黨銀行家身段的新英格蘭榆樹中。

某些時期的戴文確實能被視為新英格蘭最美的學校，即便在那些最令人沮喪的午後，此地的美學氣勢仍然強大。這裡的美來自許多小區塊的排列方式——一座大庭院、一群樹木、三棟類似的宿舍建築，和一整圈的老房子——它們全都以一種充滿衝突的和諧感並存著，也讓你懷疑衝突會隨時再次爆發（事實上也的確爆發過，比如說，在校長居住的正統殖民時代房舍之外，竟然延伸出一扇L形觀景窗。或許總有一天，校長會讓自己住在一個完全由玻璃建造的房子裡，並樂於當一隻被豢養的鸛）。然而，隨著往事過去，戴文當中的一切逐漸變得協調，所以我應該可以合理推斷出一個結論：既然這些建物、歷任校長和課程內容都能成功，那我應該也可以和諧地成長，而且，說不定早已不知不覺地成功了。

等我看到之後第二個所在時，這個想法一定會變得更清楚。我疾行穿越那些被光禿藤蔓網般纏繞著的方正紅磚宿舍；穿越那些搖搖欲墜但仍醒目延伸到校內一百碼的小鎮建築；接著又經過滿是學生但外表安靜得像座紀念碑的堅實體育館；還經過被稱為「牢籠」的運動場小屋。現在我想起來了，在我剛到戴文的頭幾週，「牢籠」的意義對我來說非常神祕，我還以為那是個用來凌遲懲罰學生的地方。最後，我終於抵達了人稱「運動場」的開闊空間。

戴文這間學校不只注重學業，運動氣氛也很活躍，所以運動場非常大，除了一年中的這個時節，這片場地總是有人在使用。然而現在，我眼前浸了水的場地一片空蕩蕩；場地左側是彷彿被遺棄的網球場，中間是巨大的美式與英式足球場和草地曲棍球場，右側是樹林，至於另一側的遠端則有一條小河和沿岸幾棵光禿的樹。那天的天氣太過陰暗又飄著霧，害我看不見河對岸的光景，不然那裡本來應該還有一座小禮堂。

我開始一步步跋涉穿過這片廣大的運動場。一直走了一段距離，我才意識到濕軟泥濘的地面已經讓我的城市鞋子髒透了，但我沒有因此停下來。靠近運動場的中央有幾泊小湖般的泥水，我只好繞道，然而每當我把腳從泥淖中拔起來時，那雙早已面目全非的鞋子都會發出噁心的嘰吱聲。由於四周全無遮蔽，濕重的風一陣陣強打在我身上；要是換作其他狀況，我一定會認為這樣無畏風雨地跋涉過泥濘很愚蠢，更何況，我只是為了看一棵樹。

河面上盤旋著薄霧，所以當我靠近時，我感覺自己彷彿與世隔絕，只剩下眼前的河流和旁邊的幾棵樹。這裡的風比較平穩，但我從不戴帽子，又忘了戴手套，所以開始覺得冷。這裡有幾棵樹枯寂地長向霧裡，而我想找的可能是其中任何一棵。真沒想到，這裡竟然還有其他類似的樹啊。畢竟在我的記憶中，那棵樹總是氣勢驚人地睥睨河岸，不但像座砲台般讓人懼怕，還像《傑克與魔豆》①中的豆莖般高聳入雲。然而此處只有一片稀疏的小樹林，而且沒有任何一棵如我印象中那般雄偉。

我在那些濡濕的粗草中逡巡，仔細檢視每一棵樹，最後終於憑藉著順沿樹幹往上的一串小疤痕、一根延伸到河面的枝幹，以及旁邊另一根較細的枝幹辨認出來。就是這棵樹了。在我看來，佇立在此的這棵樹正如同那些聳立在你童年中的巨人，只有在多年之後和他們重逢，你才會發現他們不但和你的成長幾乎無關，而且早已隨著年歲萎縮。因此，只要你考慮了這兩層意義，再換個方向想，這些老舊的巨人簡直和侏儒無異。

這棵樹不只因為寒冷的季節而光禿，看來也因為歲月而磨損、衰敗並乾枯。我很慶幸自己來看了這棵樹。上面刻寫著：「只要愈多的事物依舊，就會有愈多事物改變。」沒有什麼事物能夠永遠不變。一棵樹無法永遠、愛無法永遠，就連暴力導致的死亡都無法永遠。

一切都變了。我轉身再次走過泥地。此時的我已經濕透，所以任何人都應該看得出來，是該離開雨中了。

那棵樹非常高大，位於河岸，是一棵鋼鐵般黝黑又意氣風發的樹。誰要是想爬這棵樹就是瘋了。真是見鬼，這種瘋點子也只有菲尼斯才想得出來。

當然啦，這棵樹在他眼裡沒有任何值得害怕之處。他不可能害怕，就算真的害怕也

---

①《傑克與魔豆》（*Jack and the Beanstalk*）是從英國起源的鄉村童話，版本眾多，但主角傑克都從魔豆長成的巨大豆莖爬上了天際。

不會承認。菲尼斯就是這樣。

「我最喜歡這棵樹的地方，」他用那如同催眠師般的眼神、慣用的平靜語氣說，「就是因為它有夠好爬！」他的綠眼睛在此時睜得更大，表情像個瘋子。不過幸好，他大開的嘴上還有一抹促狹的假笑，上嘴唇也微微突出，讓我們知道他還不是個徹底的呆瓜。

「這就是你最喜歡它的地方？」我嘲諷地說。我在一九四二年的夏天說了很多嘲諷的話。那是我的嘲諷之夏。

「欸啊，」他說。他這種表達肯定的新英格蘭式怪異發音總是讓我發笑（或許「嘿哈」會比較接近），菲尼斯也很清楚。所以我得笑，這樣我才不會再想嘲諷人，心裡也不會再那麼害怕。

當時在我們身邊的還有三個人。在那些日子裡，菲尼斯身邊的人很多，幾乎等於帶著一整個曲棍球隊移動。於是在此刻，這群人和我站在一起，都用假裝理解的表情看看他、又看看樹。這棵樹高聳的黑色枝幹上插滿粗糙的木釘，一路延伸到跨越水面的那根粗壯枝條。我們聽說，要是站在這根枝條上奮力一躍，就能安全跳到對岸，至少那群大我們一歲的十七歲學長就做得到（十七歲可說是非常關鍵的一年）。然而我們這些「中上班」的傢伙從未嘗試過，噢，「中上班」是我們在戴文的班級名稱。但很自然地，菲尼斯將成為我們當中首先嘗試的人，之後也一定會誘騙其他人（也就是我們）跟進。

其實我們還不算正式的「中上班」學生，畢竟為了跟上戰爭的腳步，我們還在讀臨時加開的暑期班。但在那個夏天，我們經歷了一段令人顫抖的蛻變，那讓我們從卑躬屈膝的「中下班」學生成為了幾乎值得尊敬的「中上班」學生。我們能被徵召入伍的學長基本上都已經成為軍人了，他們趕在我們前頭衝入了戰場。他們被丟入一堆速成課程、急救訓練和體能養成方案，而當中就包含了從那棵樹跳到對岸。而我們本來還冷靜而麻痺地讀著維吉爾②的作品，或是朝著河流更遠的下游打水漂，直到菲尼斯突然想起了那棵樹。

我們站在那裡仰望著樹，其中四人一臉驚愕，只有一個人非常興奮。「你要先上去嗎？」菲尼斯早就知道答案了，所以我們只是安靜地看著他把身上衣服脫到只剩內褲。身為一位傑出的運動員——就算是身為「中下班」的學生，菲尼斯都已躋身校內最棒的運動員了——他的身材不算特別厲害，身高也只和我差不多，大約一七四公分（在他變成我的室友之前，我本來宣稱自己身高一七五，但後來他在公開場合以驚人的自信說

②維吉爾（Publius Verglius Maro, 70 BC-19 BC）為古羅馬著名詩人。

了，「不，你身高和我一樣，一七四公分，我們都屬於矮的那一群」），但他的體重有六十八公斤，比我重了四公斤半，真是惱人的四公斤半。那些多出來的肌肉從他的雙腿延伸到肩膀周邊的軀幹、手臂，最後又出現在強壯的頸項，其中曖曖內含的低調力量延伸得如此順暢。

他開始沿著樹幹側邊的木釘往上攀爬，背上肌肉如同美洲豹般起伏。木釘幾乎無法承受他的重量，但他仍然走上了那根延伸到水面的枝幹。「這就是他們跳到對岸的起跳點嗎？」我們沒人知道。「要是我跳了，你們全都得跟著跳，是吧？」我們發出了一陣含糊的應答聲。「總之，」他大喊，「這就是我對戰爭做出的貢獻！」接著他猛然一跳，從一些比較低的枝條間墜落，最後栽入水裡。

「棒極了！」他立刻浮出水面，頭髮像一撮撮可笑的辮子黏在額頭。「這是本週最有趣的事啦！下一個是誰？」

是我。然而這棵樹散發的不祥之感排山倒海而來，一路蔓延到我麻刺的指尖。我的頭開始感覺異常的輕，就連從附近樹叢傳來的朦朧摩擦聲都像是隔了一層篩子，整個人想必進入一種輕微的震驚狀態。不過趁著腎上腺素高漲，我還是脫掉了衣服，開始沿著木釘往上爬，過程中不記得自己有無說過任何話。跟在地面的視角相比，他起跳的枝幹現在看起來更細，高度也更高，根本無法支撐任何人走到足以跳上對岸的距離。我要不就是得從近處猛跳，要不就是得冒著直接落入岸邊淺水處的風險走遠一些。「快點啦，」菲尼斯在底下大喊，「別站在那裡出鋒頭了。」雖然無法克制緊張，但我發現眼前的景色非常美。「當他們用魚雷攻擊軍艦時，」他大吼，「你可沒空站在那裡欣賞風景呀。快跳！」

我到底為什麼站在這裡？我為什麼任由菲尼斯說服我做這種蠢事？他是對我施了什麼魔法嗎？

「跳！」

帶著一種拋棄自己生命的情操，我往空中一躍。一些枝條的尖端在我掃過後折斷，接著我摔入水裡，雙腳撞到河底軟泥，但很快地，我又浮上水面接受眾人道賀。我沒事。

「我覺得這一跳比菲尼斯還好。」艾爾文說，不過大家通常叫他雷普，也就是雷普利爾的簡稱。現在的他正在自掘墳墓。

「好了，夥伴，」菲尼斯用他具有穿透力的親切語調說了，彷彿胸口有一架共鳴力極強的樂器，「在你還沒把課修過之前，先別急著論功行賞。樹還在等你呢。」

雷普立刻閉嘴，彷彿從未開口過，沒有爭辯也不抵抗。然而他也沒退開，只是呆站著不動。另外兩個人——查特．道格拉斯和巴比．贊恩——倒是講個不停，先是尖聲抱怨校規，又說自己肚子痛，接著又是一些他們從未提過的身體殘疾。

「就只有你願意跳，夥伴，」菲尼斯最後跟我說，「就只有我們兩個人了。」然後他和我回頭穿越整片運動場，我們就像兩位領著他人前進的諸侯。

在當時，我們是所有朋友中最頂尖的。

「你很不錯，」菲尼斯玩笑地說，「一旦我好好羞辱過你之後。」

「你可沒羞辱到誰。」

「噢，我有，我那樣是為了你好。不然你總是畏畏縮縮。」

「我這輩子從沒畏畏縮縮過！」我大叫，怒氣也跟著無法克制地升高，因為我說的是實話。「你這傢伙有夠蠢。」

菲尼斯只是繼續平靜地往前走，或者說繼續往前飄浮；他穿著白色膠底鞋往前滑動，如此不加思索，如此協調，「走」這個字實在不足以描述他的狀態。

我和他一同穿過廣闊的運動場回到體育館。我們腳下的蓬勃綠草全被露水洗過，眼前的草地有如籠罩了一層綠色薄霧，當中還點綴了幾束傍晚的陽光。菲尼斯一度停止說話，所以我聽見了蟋蟀的叫聲及鳥兒向晚的鳴啼，而在四百公尺遠的地方，一輛體育館的卡車正加大油門沿著空蕩蕩的田徑道路前進。體育館後門爆出了一陣笑聲，聲音微弱又疏離。接著是六點整的鐘聲從學院大樓的穹頂傳來，聲音清冷陰柔，彷彿世界上最冷靜、最有感染力的鐘聲，而且文明、自持、戰無不勝，甚至足以終結一切。

那鐘聲穿越榆樹海的頂端，穿越華麗的傾斜屋頂和宿舍的堅固煙囪，穿越狹小易碎的舊屋頂，更穿越了新罕布夏的天空，最後傳到剛從河邊回來的我們耳裡。「我們最好快一點，不然晚餐就要遲到了，」我一邊說，一邊邁起菲尼斯所謂的「西點軍校式的跨步」。菲尼斯並不特別討厭西點軍校，大致說來，他對於權威也沒什麼意見，只是把權威視為必要之惡和獲取幸福的必要代價，就像籃板總能將所有的無禮投擲反彈入網。然而我的「西點軍校式跨步」卻讓他難以忍受。他突然用右腳絆住我的快速步伐，害我直接往前栽進草地。「把你那一百五十磅的肉移開！」我大吼，因為他正坐在我的背上。菲尼斯起身，和善地拍拍我的頭，然後繼續穿越運動場。他無須費神回頭發現我的反擊，光靠著一對超級敏銳的耳朵就能感覺到有人從身後向他偷襲。所以等我飛撲過去時，他輕鬆側身一閃，但我還是在騰躍時踢了他一腳。他抓住我的腳，我們順勢在草地上扭打了一陣，最後他還是贏了。「最好快一點，」他說，「不然他們會把你關禁閉。」我們又開始往前走，現在快多了。巴比、雷普和查特在前方催促我們，看在上帝的分上快一點吧。然而經過此番轉折，我發現自己又掉入了菲尼斯的天羅地網中：我又成了他的落難兄弟。我們快速走著，突然之間我開始憎恨鐘聲、憎恨我的「西點軍校式跨步」，也憎恨自己必須趕路，還有對他的屈服。菲尼斯是對的。我只能用一個方法向他證明自己。所以我突然用背部撞向他的背部，這是一次奇襲，而他立刻倒下，心情想必非常爽快，畢竟這就是他如此喜歡我的原因。我跳到他身上，膝蓋壓住他的胸口，他愉快到了極點。我們平分秋色地扭打了一陣，等到住手的時候，我們都知道晚餐勢必要遲到了。

他和我一起經過體育館後走向第一個宿舍區，那裡又暗又安靜。因為是夏天，戴文裡頭只有兩百位學生，所以學校很空。我們走過主任教官那棟雜草蔓生的房子，裡頭是空的，因為他去華盛頓替政府辦事了；接著我們走過教堂，還是空的，人們通常只會在早上短暫使用這個空間；我們走過第一學院大樓，當中一些窗戶透出微光，教官們正在教室中工作；我們走下一小段斜坡，進入寬廣且修剪整齊的廣場，當中有光線從周圍的喬治亞風大樓照下來。十多位男孩已經吃完晚餐，正在附近的草地閒晃，除了他們的談話聲外，位於建築某側的廚房也正發出嘈雜的聲響。天空仍然不疾不徐地變暗，宿舍與老房子的燈都亮了起來。遠方有留聲機的聲音傳來，本來在播放〈別坐在蘋果樹下〉（Don't Sit Under the Apple Tree），接著換成了〈太老或太年輕〉（They're Either Too Young or Too Old），然後彷彿氣勢勃發，竟放起了〈華沙協奏曲〉（The Warsaw Concerto），最後換為較為世故的〈胡桃鉗組曲〉（The Nutcracker Suite）。然後樂音就停止了。

菲尼斯和我回到我們的房間。在黃色的桌燈下，我們讀著學校指定的哈代③作品；我已經把《黛絲姑娘》（*Tess of the d' Urbervilles*）讀了一半，他則還在與《遠離塵囂》（*Far from the Madding Crowd*）搏鬥，並且因為有人名叫「蓋布里歐・橡樹」及「貝斯舍巴・愛文丁」等怪名字而樂不可支。我們那台違法的收音機正在一旁播放新聞，聲音小到很難聽見。外面有一陣初夏的騷動，是風；鐘聲打了十下，那些被允許晚歸的學長們正安靜地回來；許多男孩緩緩經過我們房門前準備去洗澡，接著是一整段持續不變的淋浴聲。學校裡的燈一盞盞滅了。我們寬衣，我穿上睡衣，但菲尼斯聽人說睡衣這東西不夠軍事化，所以沒有換上。此時出現了一陣沉默，但可以想見我們都在祈禱。那年夏天的暑期課程就這樣到了尾聲。

③湯瑪斯・哈代（Thomas Hardy, 1840-1928）為英國小說家及詩人，是一位維多利亞時期的寫實作家。

2

我們缺席晚餐的事被發現了。第二天早上，在我們這北部鄉村如水洗般潔淨的夏日清晨中，普丹姆先生來到了我們的房門前。他體格魁梧，一臉嚴肅，身上穿了一件灰色的商務西裝。他和戴文大部分的教官不同，沒有那種隨性到幾乎像英國人的氣質，畢竟他只是暑期班的一位代理教官。然而他對於所知的規則都確實執行，必須出席晚餐便是其中之一。

我們之前去河裡游泳了，菲尼斯解釋；然後又進行了一場摔角比賽，然後是大家都想看的夕陽，然後是有事得拜訪朋友……他瑣碎地講個不停，彷彿擁有一架功能精良的個人音箱，而聲音則在其中鮮明地爬升又下墜；雙眼更是時不時地大睜，彷彿能射出照亮整個房間的綠光。他站在陰影處，明亮的窗戶在他身後，讓他全身散發出幾乎如同被陽光曝曬的健康氣息。普丹姆先生看著他，又聽著他喋喋不休的無厘頭解釋，原本嚴肅的表情很快融化了。

「兩個星期來，你已經缺席晚餐九次了，要不是因為如此……」他突然插話。然而菲尼斯仍然乘勝追擊，但不是為了逃脫缺席晚餐的懲罰，畢竟要是懲罰的方式夠新穎、夠不為人知，他通常都很享受。他之所以乘勝追擊，是因為看到普丹姆先生被取悅了，看到普丹姆先生為了他而偏離自己的原則。有那麼一刻，這位教官偏離了自己的權威地位，所以要是菲尼斯再努力一點，說不定他們之間便會出現一份簡單、未受規範的友善情感，而這正是菲尼斯活著的理由之一。

「真正的原因，先生，是因為我們必須去『跳樹』。你知道那棵樹……」我知道，普丹姆先生一定也知道，菲尼斯也知道，只要他停下來思考，就會意識到跳樹比缺席晚餐更糟糕。「我們必須這麼做，這是當然的，」他繼續說，「因為我們已經準備好面對戰爭了。他們為什麼不把徵召年齡降到十七歲呢？等到這個夏天結束，我和基恩就滿十七歲了，這樣很順理成章呀，因為剛好是新學年的開始，而且每個人的分班都確定了。雷普．雷普利爾已經十七歲了，要是我沒搞錯的話，他下一個學年中就可以被徵召了，所以很明顯地，他必須來上先修班，必須現在就成為高年級生，你明白我的意思吧，這樣他才能在被徵召前完成學業，順利畢業。但我們沒問題呀，基恩和我完全沒這個問題。我們對於可能發生的一切完全認命，因為一切勢必會發生。現在的問題只卡在生日期而已，除非你想從性愛觀點來思考這件事啦，但我個人是不會這麼做，畢竟那牽涉到我媽和我爸，而我可不想花太多時間去想像他們的性生活。」他所說的全是真心話，如此誠懇。菲尼斯總是把自己當時想到的事說出來，要是有人因此嚇到，他反而會很驚訝。

普丹姆先生嘆了一口氣，臉上似乎出現一抹訝異的微笑，他盯著菲尼斯好一陣子，然後再也沒有其他反應。

教官在那年夏天總是用類似的方式對待我們。他們似乎改變了原本總是懷疑又否定我們的態度。在之前的冬天，只要有學生做了意料之外的事，他們大多會認定我們的言行全部違法。不過到了現在，在新罕布夏的晴朗六月天中，他們似乎放鬆了，並開始相信我們只有花一半的時間在耍他們，另外還有一半的時間真的很聽話。我們可以感受到一絲容忍的氣息；菲尼斯則認為他們開始展現成熟的指揮能力了。

其實他也有功勞。在此之前，戴文的教職員從未遇過這樣的學生：他總是無視於規則，但又迫切地想要成為一位好學生，並且真心熱愛學校；但他也熱愛違規，於是這位模範學生又是個總因為逃學而被懲罰的常客。所有教職員都不得不對菲尼斯舉起雙手投降，所以也順道放鬆了對我們的管教。

不過還有另一個理由。我猜想，是因為我們這群十六歲男孩讓他們想起和平的模樣。我們還沒被登錄徵兵局，還沒接受體檢；沒有人被檢查出疝氣或色盲。就算膝蓋不好或耳膜穿孔，目前也還是小問題，不會有人因此被視為肢體殘障，並被迫迎向和大多數人不同的命運。我們既粗心又狂野，而在我看來，這正是戰爭想要竭力保存的生活。總而言之，他們對我們比以前寬容很多；如果面對的是高年級的學長，他們總是緊跟在後大發雷霆，試圖督促、要求他們，好讓他們做好上戰場的一切準備。但對於我們的遊戲，他們願意容忍。畢竟我們提醒了他們和平的模樣，一種未必得迎向毀滅的人生。

在這一整片隨性的和平氛圍中，菲尼斯正是主角，但並非因為他不在乎戰爭。普丹姆先生離開後，他開始著裝，其實也就是隨便抓了離他最近的衣物，其中有些還是我的。然後他停止動作，想了一下，走向衣櫥，從其中一個抽屜拿出一件寬幅襯衫。那件襯衫織工精緻、剪裁仔細，顏色是亮麗的粉紅。

「那是什麼鬼東西？」

「桌布。」他嬉笑地說。

「才不是，別鬧了。到底是什麼？」

「這個，」他有點得意地回答，「這將成為我的『勳章』。我媽上禮拜寄來的。你有看過這種東西嗎？這種顏色？這衣服甚至沒有一路到底的釦子，你還得從頭上穿脫，像這樣。」

「從頭上穿脫？粉紅色！那讓你看起來像個『小仙女』！」

「是嗎？」他聽起來心不在焉，顯然在想其他事，而且那事比我的發言有趣多了。不過他的腦袋會自動記錄別人說過的話，如果時間充裕，那些話過一會兒又會在他腦中重播，所以他在鏡子前扣起高領時輕聲說了，「要是我在大家眼裡看來像個小仙女，不知道會發生什麼事。」

「你瘋了。」

「嗯哼，萬一追求者把門口擠爆的話，你可以跟他們說，我是把這件衣服當作我的『勳章』。」他轉過身來，好讓我欣賞那件衣服。「我之前看報紙，上面說，我們前幾天首次轟炸了歐洲。」菲尼斯沒有改變話題，但只有像我這麼了解他的人才會明白，所以我安靜等著，等他在這事和襯衫之間做出另一個厲害的連結。「哎呀，我們總得做點什麼來慶祝。我們沒有國旗，沒辦法把那片稱為『老榮耀』的布展示在窗外，所以我打算穿上這件作為『勳章』。」

他真的穿了。在我們學校，沒人能穿上這種衣服而不冒著被人從背後扯下的風險。歷史課結束後，我看到暑期班最嚴厲的教官派屈威雀思先生走向他，問了這件衣服的事，他的臉疲憊但泛著粉紅，不過在聽了菲尼斯禮貌地解釋了這件衣服的意義後，他的臉因為覺得有趣而變得更粉紅了。

那根本是催眠術。我目睹菲尼斯逃脫了一切可能的懲罰。我有點無法克制地嫉妒他，這很正常。即便是你最好的朋友，稍微嫉妒他一下也沒什麼關係。

到了下午，在暑期代理主任教官的派屈威雀思先生招待「中上班」的學生參加傳統的學年茶會。茶會在廢棄的主任教官舊屋舉辦，過程中只要有茶杯敲出聲響，派屈威雀思太太就會嚇得發抖。我們聚在一個兼作溫室的陽光廊道裡，此地空間寬廣潮濕，沒有很多植物。少數在此的植物都只有不開花的粗壯莖幹和大而野蠻的葉子。巧克力色的柳條家具中冒出許多具有威脅性的小枝條，而在柳條家具和植物葉片中，我們將近四十個學生緊張地站著，雙手玩弄茶杯，努力地想讓對話內容不要像教官和他們太太之間一樣空洞。

為了這個場合，菲尼斯特地把頭髮打濕梳齊，這讓他的頭看來很時髦，但又和他臉上那總是略顯驚訝的正直表情不合。他的耳朵很小，離臉很近（我以前完全沒注意到），再加上服貼的頭髮，益加彰顯出他那如同船頭突出的鼻子和顴骨。

學生中只有他談笑自若，而且還能和大家談論歐洲中部的轟炸。由於剛好沒人看過這篇報導，再加上菲尼斯自己也不太記得哪些國家被炸了，更不記得究竟是美國、英國還是蘇聯的空軍進行攻擊，甚至連在哪天在哪家報紙上看的報導都忘了，所以這談論只有他單方面進行。

那倒也無所謂。重要的是事件本身。然而過了一陣子，菲尼斯覺得應該讓別人也加入討論。「我覺得，我們應該把他們炸翻，只要不炸到婦女、孩子和老人就好，你們不覺得嗎？」他對著派屈威雀思太太說，她正緊張地如鳥棲息在一只大茶壺後方。「或者避開醫院，」他繼續說，「當然也得避開學校，還有教堂。」

「也得仔細避開藝術品，」她加入，「如果它們有傳世價值。」

「滿嘴胡言，」派屈威雀思先生雙頰火紅地抱怨。「你以為這些子弟兵在幾千英尺的高空能這麼精準嗎？炸彈有好幾噸重呀！看看德國對阿姆斯特丹幹的好事！看看科芬特里④！」

「德國不屬於中歐，親愛的。」他太太輕柔地說。

他可不喜歡被人指出錯處，但對象既是自己的太太，似乎也只能勉強接受了。經過一陣倔強的沉默後，他終於粗聲粗氣地說：「反正中歐也沒什麼『有傳世價值的藝術品』。」

菲尼斯對此樂在其中。他解開泡泡紗⑤夾克的釦子，彷彿這場討論需要他發揮更多肢體語言。派屈威雀思太太的眼光剛好落在他腰帶上，接著用遲疑的語氣說：「那不是……我們的……」她丈夫於是跟著望過去。我大吃一驚。原來那天早上太過匆忙，菲尼斯隨手拿了條領帶當腰帶，但那天早上他抓的剛好是戴文的制服領帶。

這下他可逃不掉了。我發現自己竟然意外地興奮起來。派屈威雀思先生的臉色霎時陰沉下來，太精采了，他太太的頭則低得彷彿正要上斷頭台。就連菲尼斯的臉也紅了起來（除非那是他粉紅襯衫的反光）。不過他還是擺出鎮定的表情，聲音宏亮地說：「我穿了這個，你看看，因為和襯衫很配，而且一切都有關聯——我並不是要講什麼雙關語，也不覺得這樣做很好玩，尤其是和這麼一群有教養的人在一起，你們說是吧？——

④科芬特里（Coventry）是位於英格蘭的一座城市，二次大戰中被德軍數次轟炸，最嚴重的一次發生於一九四〇年十一月十四日，不只市中心嚴重損毀，當地歷史悠久的大教堂也未能倖免於難。

⑤seersucker，一種以特殊織法，讓布面產生皺褶，以減少與皮膚接觸面積的布料。適合夏天穿著使用。

一切都和我們剛剛談的事有關，就是中歐的轟炸，因為要是我們深入追究，學校和一切發生在戰爭的事都有關，我們面對的是同一場戰爭、同一個世界，所以我認為戴文也必須參與其中。不知道你們對我表態的方式有什麼看法？」

派屈威雀思先生的臉色不斷改變，最後停在驚訝的表情。「我這輩子從未聽過這麼沒邏輯的話！」不過他聽起來並沒有很憤怒。「一百六十年來，這大概是我在學校見過最詭異的致敬方式。」然而在他內心一個他自己也不明白的角落，他似乎被取悅了。情況都搞成這樣了，菲尼斯竟然還能全身而退。

他的眼中出現了更誇張而魔魅的光芒，語氣也變得更為動人，「雖然我得承認，我今天早上穿戴時沒想到這件事。」在補充了這項有趣的資訊後，他又露出喜悅的微笑，派屈威雀思先生深深陷入了沉默，菲尼斯於是又補充說道：「但我很高興自己還是拿了個東西來當腰帶！要是我的長褲在主任教官的茶會中掉下來，那就實在太糗了。當然啦，他不在這裡，但在眾教官及派屈威雀思太太面前也是一樣尷尬。」接著他禮貌地低頭對她微笑。

派屈威雀思先生的笑聲把我們都嚇了一跳，連他自己也是。他老是紅起來的臉現在簡直紅到一個新境界。菲尼斯開心死了。又陰沉又嚴厲的派屈威雀思先生竟然笑了，而且是他逗笑的！他擊破了這個一本正經的男人！他讓這男人不加思索地被逗笑了！

他不管做什麼都能全身而退。我突然感到一陣失望襲來。我多想看到更多令人興奮的場景。這本來會是我期待的場景啊。

我們離開了茶會，兩人都感覺不錯。我跟菲尼斯一路談笑，他是我最好的朋友，也是我最特別的朋友。他永遠能在犯了錯後全身而退，但不是因為他私下討好教官，這點我很確定。他之所以能夠全身而退，是因為他的個性非常了不起。事實上，他願意選我做朋友實在是我的榮幸。

菲尼斯不可能錯過任何夠厲害、夠完美的事。「我們去跳樹吧，」當我們走出陽光廊道時，他低聲對我說。我們本來平行走在一起，但他講這話時靠了過來，用強迫改變我走路方向的方式逼迫我同意，就像一輛警車把我擠到路邊，最後成功地把不情願的我逼往體育館及河邊的方向。「我們必須把腦中剩下的茶會內容給清光，」他說，「那些廢話！」

「是呀，真是有夠無聊的，不知道說最多話的人是誰呀？」

菲尼斯專心地回想。「派屈威雀思先生有夠愛胡扯的，他太太也是，還有……」

「是呀，還有誰呢？」

他假裝震驚地望向我，「你是在暗示我講太多話了嗎！」

我饒富興味地回看他的一臉震驚，「你？講太多話？你怎麼能指控我誣賴你呢！」正如同我所說的，那是我的「嘲諷之夏」。直到很久以後，我才明白，嘲諷其實是弱者用來抗議的方式。

我們在閃亮的午後天光中走向河邊。「我其實不太相信我們轟炸了中歐。你呢？」菲尼斯認真地問。此時我們正走過一間間裹在層層老舊巨大的藤蔓葉片之後的龐然宿舍，這些藤蔓真的很茂密，茂密到你可能以為它們無論什麼季節都會出現在新罕布夏的花園中，甚至茂密到你無法確定宿舍是否存在。在建築與建築之間有榆樹，這些榆樹蜿蜒成長到極高處，讓你幾乎忘了它們有多高，直到你沿著熟悉的樹幹往上看，看到最低一層傘蓋般的葉片，再往上看見其他更高、更複雜的枝葉；那些枝條連著枝條、又連著枝條，彷彿一個擁有無盡葉片的枝條世界。這場景似乎永恆不變，彷彿是一個人類無法企及的高遠空間，又像是人們只能遠望的華麗雕飾高塔或雄偉的教堂尖塔，不但高得令人無從賞玩、不知所措，而且偉大、遙遠，完全無用。「是啊，我也不相信。」我回答。

在我們前方有四位男孩正往網球場的方向走。他們和我們相隔一段距離，彷彿四面白旗立在無止境的油綠運動場上。他們的右手邊是坐落在灰色圍牆內的體育館，體育館高處的寬廣橢圓窗戶正好反射了陽光。過了運動場和體育館則是樹林，屬於我們戴文的樹林，在我的想像中，這片樹林正是北方偉大林地的起點。我總是想像，從戴文此地開始，寬廣的樹林向北綿延不斷，直到從未有人見過的彼端，大概就在加拿大某個荒僻的角落。而我們就處在這片最後、最廣大的荒野已開發的這一側。我從未親自去驗證，但說不定我的想像是真的呢。

中歐的轟炸對此處的我們而言完全不切實際，不是因為我們無法想像——畢竟上千張的新聞照片和報導早已傳達了精確的影像——而是我們的所在之處太美好，好得無法接受那樣的事實。我甚至能夠很開心的說，在那個夏天，我們都沉溺在自私的美好中。畢竟在一九四二年的夏天，能夠盡情保持自私的人非常少，而我很慶幸我們擁有這項優勢。

「誰先說出讓人不開心的話，屁股就得被狠狠踢一腳。」我們走到河邊時，菲尼斯若有所思地這麼說。

「好呀。」

「你還是不敢從樹上跳到對岸嗎？」

「這個問題讓人不太愉快呀，是吧？」

「會嗎？哪有，才不會。一切取決於你的答案。」

「不敢從樹上跳到對岸嗎？我想那一跳會很愉快。」

我們在河裡游了一陣子，然後菲尼斯說：「要是你願意先從樹上跳到對岸，我會感到無比榮幸。」

「不，是我的榮幸。」

我全身僵硬，開始沿著樹幹的木釘往上爬，菲尼斯跟在我身後，讓我稍微安心了一些。「我們一起跳，這樣我們的關係就無堅不摧了，」他說，「我們會成立一個『自殺幫』，如果想入幫，就得給我從樹上跳出去。」

「自殺幫，」我語調生硬地跟著說，「暑期班之自殺幫。」

「太棒了！暑期班之『超級』自殺幫！怎麼樣？」

「不錯。可以。」

我們站在同一根枝幹上，但我站得比菲尼斯靠近尖端一點。我轉身想說些什麼拖延的話，就算再多拖個幾秒鐘也好，但我隨即發現轉身讓我失去了平衡。我感到一陣鋪天蓋地的恐懼，菲尼斯立刻伸出手，抓住我的手臂，我於是重新站好，恐懼立刻消失了。

我轉身面向河流，沿著枝幹移動了幾步，猛力往前一跳，掉入深水中。菲尼斯也跳得不錯，於是「暑期班之超級自殺幫」正式成立。

一直到晚餐之後，我獨自走回圖書館的路上，差點從樹枝上跌下去的恐懼才終於湧上心頭。要是菲尼斯沒有跟在我後面……要是他不在那裡……我很可能背部著地跌斷脊椎！要是跌落的姿勢夠古怪，我說不定還會死。菲尼斯救回了我的小命呀。

3

是的，他救回了我的小命，但也是他差點害我送命。要不是因為他，我根本不會在那根該死的枝幹上，要不是他人在那裡，我也不會轉身，更不會因此失去平衡。所以我根本不需要對菲尼斯深懷感激。

「暑期班之超級自殺幫」從一開始就大獲成功。那天晚上，菲尼斯開始漫天胡扯，把「自殺幫」講得像是長久存在於戴文的可敬組織。我們房間裡有六個朋友，每個人不但仔細聽他講，還提出了一些有關細節的問題，完全沒提到自己從未聽過這個社團的疑惑。一間學校本來就該藏有許多祕密組織或地下兄弟會，所以在他們看來，現在不過是其中一個浮出水面。於是他們都立馬加入並成為幫派的「練習生」。

為了進行他們的入會儀式，我們開始每天晚上聚會，而且我們兩位發起人還得在每次聚會開始時跳水。這是菲尼斯在那個夏天創設的規則之一。我恨死了。每次跳水都很不開心，而且隨著每次聚會，那根枝幹總是感覺變得更高、更細，河水也變得更深不見底。每次我準備好要跳了，心中都會感到一絲懷疑，因為沒想到自己會做出這麼不經大腦的事，但我還是跳下去了。因為要是不跳，我會害菲尼斯丟臉，而這後果根本無法想像。

我們每晚都聚會。由於菲尼斯的人生寫照就是「興之所至」與「無政府主義」，所以他還擅自頒布了一連串規矩。那些規矩是由他提出的，而不是由戴文教職員之類的人所規定的。至此，「暑期班之超級自殺幫」總算是個社團了。社團的定義是成員必須規律地定期聚會，而我們也確實每晚見面。沒有什麼比這個更規律了。但是對他而言，就算我們每週聚會，也不算真的有「規律」，他認為這簡直是太過隨便，幾乎可說是草率馬虎。

不過我還是一切都照規矩來，而且一次聚會都沒錯過。畢竟對當時的我而言，要說出「今天不太想去」根本不可能，但我真的每晚都這麼想。我屈服於他對我心靈的獨裁控制，那效果就像穿上了用來綁縛精神病患的拘束衣物。「我們得走啦，夥伴。」菲尼斯總會這樣說，儘管我全身的本能都在抗拒，但最後都還是跟著他走。

我們整個夏天都昏沉度日——課可以不上、飯可以不吃，禱告可以不去——只有每晚聚會絕不能錯過。在這段過程中，我開始了解菲尼斯的想法：雖然和我完全不同，但也不是完全不受規範。我注意到他偶爾仍會遵守一些規則，只是他會以告誡的口氣說著。「當你只有一七四公分時，千萬別說你有一七五。」這就是他對我告誡的第一件事。另外一個則是，「一定要在晚上說些禱詞，說不定上帝那時就在你身邊。」

然而，對菲尼斯生命造成最迫切影響的規則是這個：「你在體育比賽中一定要獲勝。」這裡的「你」是集合名詞，也就是說，所有人都該在體育比賽中獲勝。只要參加了比賽，就得贏，如同你坐下來用餐就是為了吃，都是無從避免的自然結果。當然，只要他贏就會有別人輸，但菲尼斯從不允許自己去思考這件事。因為這麼想會破壞他對體育比賽的美好想像。對他而言，體育比賽中不會發生任何壞事，一切都很美好。

他對於那個夏天排定的體育活動非常厭惡——少許網球、稍微游點泳、笨拙的壘球比賽，還有羽毛球。「羽毛球！」課程表出來那天，他一看就大叫出聲。雖然他後來什麼都沒說，但那聲叫嚷中的震驚、憤怒和充滿痛苦的絕望語調說明了一切。「**羽毛球！**」

「至少比高年級好了，」我說，一邊把纖弱的球拍和破爛的羽毛球遞給他。「他們得做柔軟體操。」

「學校到底想怎麼樣？」他把羽毛球猛丟過一整個更衣室的距離。「摧毀我們嗎？」他憤怒的語氣中帶有一絲幽默，那表示他在想脫身方法了。

我們走向戶外，午後的陽光非常溫暖，在我們面前的空曠運動場也綠得令人不自覺地開朗起來。網球場已經滿了。壘球場上也很繁忙。一整批羽毛球的中隔網在風中嬌媚地飄動。菲尼斯安靜地看著，但眼裡滿是驚惶。在往河流方向更遠的所在立了一座大約十英尺的高塔，一位指導員之前才站在那上面指導高年級生做柔軟體操，但現在已經空了。此時那些高年級生已經小跑步地進入樹林裡臨時搭設的障礙賽場地，又或者他們只是被帶去量血壓；不然就是有人小家子氣地要他們連續五分鐘面對一個箱子踩上踩下……反正他們去了別的地方為戰爭做準備。現在整個場地都屬於我們了。

菲尼斯緩慢地往木塔的方向走去。或許他在想著把這座塔抬到河邊丟進去，又或許他只是好奇想看看，畢竟他對什麼都有興趣。無論他本來的想法為何，等我們走到木塔旁都已經忘光光了。有人在塔旁留下了一個皮製的沉重圓球，一個訓練用的實心球。

他把球撿了起來。「哇，看看這個，如果你在這個世界上想運動，需要的就是這個了。人類就是在發現圓球體時才發明了運動。就像這東西代表的意義，」他用左手臂環抱著實心球，右手則高舉那個髒污的羽毛球，「這些白痴的運動器材根本只適合拿來玩一二三木頭人。」他把球丟回地上，不爽地開始拔羽毛球的羽毛，彷彿在幫小狗挑蝨子。等到羽毛都沒了之後，他手腕抬起再往下用力沉沉一甩，把剩下的橡膠頭在體育場上丟得不見蹤影。羽毛球不見了。

他站在實心球上，享受著平衡的感覺。「如果想運動，你只需要一顆圓球。」雖然菲尼斯不見得意識到，但總是有人在看他，就像總是有人在觀測天氣一樣。在場上打羽毛球的人發現風轉向了；他們的聲音隨著風帶向我們，呼喚我們，但發現沒人有反應，便直接走過來找我們。

「我想，現在是該運動一下了，不是嗎？」他先是用下巴對著我，接著緩慢環視身邊的人，臉上的炫目表情充滿決心，每當他打算帶領大家執行新點子時，臉上就會出現這種表情。他眨了兩次眼睛，然後說：「我們總是可以先從玩球開始。」

「我們來弄些跟戰爭有關的遊戲吧，」巴比．贊恩建議，「像是『閃擊戰』之類的。」

「閃擊戰？」菲尼斯重複，語氣充滿懷疑。

「我們可以搞出類似『籃球閃擊戰』之類的比賽。」我說。

「就叫『閃擊球』。」巴比說。

「或者就叫『閃球』，」菲尼斯思考後說，「對，就是『閃球』。」接著他興奮地環視四周的我們，「那麼，我們開始吧。」他把那個又大又重的球丟向我，我必須用雙臂才能接住。「好啦，快跑！」菲尼斯命令。「不，不是朝向那裡！朝河那裡跑！快！」我於是朝向河流那裡跑，身邊跟了一群同樣困惑猶豫的人；他們隱隱感覺，自己很可能得在「閃球」這個遊戲中和我作對。「不要攔截他！」菲尼斯大吼。「把球丟給某個人，不然，下場就是，」他跟著我跑，語調穩定地繼續說，「我們現在已經圍住你了，某個人勢必會把你撞倒。」

「把我怎樣！」我斜眼觀察他，一邊狼狽地緊抱那個大球。「這是什麼鬼遊戲？」

「閃球呀！」查特．道格拉斯大吼，然後撲到我腳邊，用手把我絆倒。

「那完全違反了規則，」菲尼斯說，「如果你想撞倒持球者，不可以用手。」

「不可以嗎？」壓在我身上的查特喃喃地抱怨。

「不可以。你必須雙手交叉，比如放在胸口，然後直接用身體去撞。肘擊也不行。好了，基恩，我們重新開始。」

我馬上問，「不該換人拿球了嗎，畢竟我已經……」

「不行，你剛剛被絆倒的方式不合規則。在這種狀況下，持球者不能換人。所以現在這樣沒問題，還是你拿球。開始吧。」

我別無選擇，只好繼續開始跑，其他跑在我身邊的人意志則更為堅定。「快丟呀！」菲尼斯命令。巴比．贊恩和我中間幾乎沒人擋著，所以我把球丟向他；球實在太重了，他必須彎腰到地上才能把球撈起來。「非常完美，」菲尼斯表示讚許，接著繼續全速往前跑，「在傳球的過程中，球落地也沒關係。」巴比現在加速跑向我，希望尋求掩護。「把他撞倒！」菲尼斯對我大吼。

「把他撞倒？你瘋了嗎？他跟我同隊！」

「閃球裡沒有分隊，」他有點惱怒地吼回來，「我們全都是彼此的敵人。把他撞倒！」

我把他撞倒。「很好，」菲尼斯把我們分開後這麼說，「現在你們又拿到持球權了。」他把那顆球遞向我們。

「我以為應該換人……」

「當你把持球者撞倒，理所當然就拿到了持球權。快跑！」

所以我又開始跑。雷普．雷普利爾在我的視野外跑跳，完全沒注意到我們在比賽，只是毫無理由地跟著。像一隻隨著艦隊往前游的鼠海豚。「雷普！」我把球越過幾個人的頭丟過去。

雷普嚇了一跳，表情痛苦地抬起頭，立刻離球老遠，然後讓自己腦中的第一個想法脫口而出。那是非常典型的反應。「我不要！」

「暫停！暫停！」菲尼斯以裁判的語調大喊，所有人都停了下來。菲尼斯把球拿回來；畢竟拿著球比較好解釋。「現在，雷普點出了這個遊戲最重要的一件事。接球的人可以拒絕別人傳球給他，既然我們都是彼此的敵人，當然也可以隨時背叛彼此。這手法就稱為『雷普拒絕』吧。」我們點點頭，沒人說話。「那麼，基恩，這球現在當然還是你的。」

「還是我的？其他人都還沒碰過球呀，我的老天！」

「他們都有機會。要是從木塔跑到河邊的過程中被拒絕三次，你就必須再回到木塔，重新再來一次。」

閃球是我們在那個夏天的大驚喜，大家都在玩。直到現在，我相信戴文還流傳著類似的遊戲，但沒有人能玩得像菲尼斯在場一樣特別。他下意識地發明了這個比賽，而這將他的體育天賦發揮到了最高點。這項遊戲對持球者極其不利，所以菲尼斯幾乎每天持球，並想出各種方法來超越自己。為了躲避如狼群般圍住他的人群，他發明了「迴避」、「欺騙」和各種催眠大眾的方式，這些伎倆實在太厲害了，有時連他自己都會被嚇一跳；要是伎倆成功，我偶爾還會看到他逕自小聲地咯咯發笑，彷彿對自己的成功不可置信。這項比賽沒有休息時間，所以他渾然天成的精力成了最大的優勢。我從未看過那股精力中斷、從未看過他疲倦，也從未看過他養精蓄銳，更沒看過他過度操勞或躁動不安。無論是清晨、白天，甚至到了午夜，菲尼斯總能維持一股穩定的精力。

其實打從一開始就沒有人像菲尼斯那般適應「閃球」這項遊戲。我一下子就看出來了。怎麼說呢？因為這一切都是他創造出來的，不是嗎？所以由他稱霸這項遊戲也沒什麼好讓人驚訝的。相較起來，我們多少都像個笨蛋，只是方式不同。任由他計畫一切是我們活該，但我從未深究此事，反正又有什麼差別？一切只是個遊戲，菲尼斯能夠在其中發光發熱也是好事。反正他在其他人群中也能發光發熱，例如在宿舍的學生當中，或者在教職員當中。事實上，要是你停下來思考，菲尼斯在所有人群中都能發光發熱，而且能吸引當中所有人。我也為他高興，這很理所當然，畢竟他是我的室友，我最好的朋友。

人的一生中都會有個完全屬於自己的片刻。在那個片刻，人的情緒高漲，完全超越了理智，而在此之後，只要有人向他提到「今日的世界」、「生命」或者「現實」時，他便會以為你在談論那個片刻，即便事情已經過了五十年也一樣。世界已經以那個奔放的片刻銘記在他的心版上，而他將永遠帶著屬於那個片刻的印記。

對我來說，那個片刻就是戰爭——就歷史而言，那確實是個片刻。對我來說，戰爭曾經是我的生活現實，就連現在也是。我還是會反射性地以戰爭思維來生活、來思考，這些特徵包括：小羅斯福⑥是美國總統，曾經是，也永遠都是；另外兩位永恆的世界領袖⑦則是邱吉爾和史達林；美國以前不是，未來也不會是那些歌曲或詩歌所描述的「豐饒土地」；尼龍、肉和汽油非常稀少；工作太多而工人太少；錢很容易賺但是花不掉，因為沒什麼東西可以買；火車永遠誤點，上面永遠擠滿「兵役員」；戰爭永遠在離美國很遠的地方發生，而且永不止息；美國中的一切都不持久，就連人民也是，若不是正要離開就是已經離開；美國人一天到晚在哭；十六歲是關鍵的年紀，所有人都以十六歲為基準被分為「十六歲之前」或「十六歲之後」兩類；當你十六歲時，成年人會對你有點

⑥富蘭克林．德拉諾．羅斯福（Franklin Delano Roosevelt, 1882-1945）為美國第三十二任總統，他於一九三三年就任總統，之後打破「總統只連任一次」的不成文規定，連做了四任總統。

⑦美、英和蘇聯為二次大戰同盟國的主要領導國家。

敬畏，甚至有點恐懼，這在一開始會讓你困惑，但後來你會明白，他們是看見了你即將為他們出征的未來，只是你當時還沒看到而已；在美國的任何浪費皆屬不道德；棉線和錫箔紙是珍品；報紙上滿是奇怪的地圖和鎮名，而且每隔幾個月，當你看到一些事，例如那看似永恆的領袖墨索里尼被拍了張頭下腳上倒掛在肉鉤上的照片，你會覺得世界再次翻天覆地；人們每天聽五、六次新聞廣播；所有珍貴的事物，例如旅遊、體育活動、娛樂、美食佳餚和精緻的衣物，總之全都極度短缺，以前如此，之後也會永遠如此；世界上只剩下少量又片段的娛樂或奢侈品，要是享受了卻又代表你不太愛國；所有外國領地都無法為人企及，除了兵役員以外，而且這些兵役員總是形象曖昧、遙遠，彷彿被隔絕在一整片塑膠簾幕背後；瀰漫全美的顏色是一種稱為「橄欖綠」的灰暗顏色，那顏色是如此可敬、如此重要，讓其他顏色顯得如此不愛國。

這是一段特殊的美國時期，我猜也是非典型的一段時期，對大多數人而言，這只是一段記憶模糊的轉換期，但對我而言，這就是真正的美國。就在那段短暫而特別的美國時期中，我們在戴文度過了暑假，而菲尼斯則在體育方面達到了某種高峰。在這樣一段時期，除非和殺人能力有關，任何和身體有關的成就都不會受到注意，也不會被獎勵，只會被要求把精力留到戰場上。因此，就算我們看到了他的精采表現，也不太敢鼓掌或出聲讚嘆。

有一次他打破了游泳比賽的紀錄。那天我們正在泳池附近閒晃，正好就在一個學校用來標記各種游泳紀錄的銅製牌匾旁：五十碼項目、一百碼項目、兩百二十碼項目。每個項目底下都有一個空格塞了牌子進去，上面有紀錄保持者的姓名、年份和時間。「一百碼自由式」底下的是「A．霍普金斯．帕爾克——一九四〇——五十三秒。」

「A．霍普金斯．帕爾克？」菲尼斯瞇眼往上看著這個名字。「我不記得有誰叫做A．霍普金斯．帕爾克。」

「他在我們入學前就畢業了。」

「你的意思是，那紀錄從我們入學時就保持到現在，沒人打破嗎？」這對我們班來說是項恥辱，而菲尼斯對我們班可是非常忠誠；他對所有參與的團體都是如此，這團體的定義從他和我開始，一路往外擴散，到最後超越人性，甚至包括了各種精神、雲朵和星辰。

剛好泳池裡沒人，我們周圍只有白色瓷磚和玻璃磚；池子很亮，裡頭的水輕柔晃動，綠得彷彿人造液體，還發出化學藥劑以及各種水管與濾網的味道。在這個天花板很高的密閉空間內，就連菲尼斯的聲音都失去了獨特的共振模式，只能模糊地沒入一整片高高聚在天花板處的噪音中。然後他用那模糊的聲音說了，「我有一種感覺，我可以比那個A．霍普金斯．帕爾克游得更快。」

我們在辦公室找到了一個馬表。接著他爬上泳池邊的跳台，腰部以上往前傾，就像他從未當過的競速泳者那樣。我在他的肩膀和手臂處觀察到一種預備好的鬆散，站姿也展現一種節制的自在，實在不像一個打算破紀錄的泳者。我說，「各就各位——出發！」他立刻伸直身體，以一種金屬般的緊繃姿態入水。那是一個複雜精巧的瞬間。他一度飛躍泳池之上，接著肩膀保持在水面，腿和腳擺得很低，低到我幾乎看不清楚；他入水後掀起一陣水花，然而到了泳池的另一端，他的姿態完全改變，放鬆，下潛，初始讓人困惑，但突然之間，他的身體又如同金屬般緊繃起來，並朝向出發的那端游回來。然後又轉身，浮上水面——我發現他的節奏沒有絲毫變緩——接著又是一輪，又是下潛，他的手碰到泳池的一端，抬頭，用自在又興味盎然的表情看著我。「怎麼樣，我的表現如何？」我看向馬表：他以零點七秒之差刷新了A．霍普金斯．帕爾克的紀錄。

「我的老天！所以我真的成功了。你知道嗎？我早就知道我會成功，就像腦內有個碼表，我可以聽到自己將會比A．霍普金斯．帕爾克快上那麼一點。」

「可是最慘的是，這裡沒有任何證人，我也不是正規的計時員。我想這紀錄不算數。」

「哎呀，當然不算數。」

「你可以明天再試一次，再破一次紀錄。就是明天。我們會找一位教練來，還有全部的正規計時員，我還會叫《戴文學生報》派記者和攝影師來……」

他從泳池爬出來。「我才不想再游一次。」菲尼斯平靜地說。

「當然要呀！」

「不用。我只是想看自己做不做得到。現在我知道了，但不想公諸於世。」有幾個想游泳的人從門口晃了進來，菲尼斯銳利地掃了他們一眼。「對了，」他用更內斂的聲音說，「我們之後也別談這件事。我們兩個知道就好。一個字都別提，對……任何人都是。」

「一個字都不提？不提你打破學校紀錄的事！」

「噓！」他怒火中燒地瞪了我一眼。

我停了下來，上上下下地看他。他沒有直接回望我的眼神。「你現在實在隨和得不太真實。」過了一陣子後，我說。

他瞄了我一眼，然後說：「多謝啦。」聲音中沒什麼情緒。

他是想讓我印象深刻還是怎樣？不告訴別人？他可是一天也沒練習就破了學校紀錄。我知道他很認真，所以沒告訴任何人。也或許因為如此，即便我努力壓抑，他的成就仍在我腦裡生了根，並暗中快速地成長茁壯。我知道戴文學校的紀錄中有項錯誤，有個謊言，而且除了我和菲尼斯之外沒人知道。無論A．霍普金斯．帕爾克在哪兒，他都活在自己的虛幻美夢裡。要不是菲尼斯有意迴避了這項體能上的榮耀，他留在那個銅製牌匾上的紀錄就被擊敗了。確實，菲尼斯的榮耀已經夠多了：溫斯羅．蓋布瑞斯足球紀念盃，獎勵的是一九四一到四二年度最有基督徒精神的運動員；瑪格麗特．杜克．波拿芬多拉大獎暨彩帶，此獎為的是獎勵曲棍球打得和她兒子一樣好的運動員；戴文之接觸獎，此獎每年獎勵一位學生，由體能顧問選出在運動比賽中表現最好的一位（任何牽涉到身體接觸的運動都算）。不過這些都已經過去了，而且還只是些獎項，不是學校紀錄。這些菲尼斯正式參與過的運動——足球、曲棍球、籃球、草地曲棍球——都沒有創下學校紀錄，而他現在突然接觸一項新運動，才第一天就打破了學校紀錄，對我來說，實在是項最精巧的把戲，老實說，也是我能想像出的極致逆轉情節。這項了不起的功績有些令人迷醉的元素，讓我每次想到時腦中都一片暈暈然，腹部也酥酥麻麻。簡而言之，這項功績充滿了光彩：專屬一位男學生的光彩。我低頭看向馬表，並瞬間意識到，在我的表情及聲音宣告出菲尼斯打破紀錄之前，我所經歷的一切只能用一個詞來形容：震驚。

要我對這了不起的事避口不談，只會加深我的震驚，此外，這樣的菲尼斯實在太不尋常了——我不是以朋友的身分在談，而是以敵人的身分。畢竟在戴文，幾乎所有人之間都存在某種程度的敵對關係。

「在泳池裡游泳本來就挺遜的，」他在一陣不尋常的冗長沉默後說了，而且一邊往宿舍的方向走。「真正的游泳得在海裡。」接著他用那尋常平庸的語氣提議了一件違規的事，「我們去海邊吧。」

我們得騎好幾小時的腳踏車才能到達海邊，而且那是被禁止的行為，完全超越所有規範。要是做了，我們可能會被退學，或者因為準備不足而毀掉明早的重要考試，也可能打亂我在生活中維持的優先順序——當然，還得花好長的時間騎腳踏車，那可累人了，我真的很討厭。「好吧。」我說。

我們牽了腳踏車，從戴文後方的一條小路溜出去。由於已經邀請了我，菲尼斯覺得有娛樂我的義務，所以開始講一些冗長又瘋狂的童年故事；我氣喘吁吁地沿著陡峭山壁用力踩腳踏車，他則在一旁如輕風滑翔，還不斷地說笑話。他甚至分析我的個性，並堅稱自己知道我最討厭他哪些部分（「是啦，你太保守了嘛。」我說）。他可以放手倒退騎車，可以整個人架在把手上騎車，還可以模仿電影裡的馬術家從移動的腳踏車跳下再跳上。他也唱歌。他話語中一直埋藏著一股樂音，但其實無法好好唱完一首歌，也無法記住任何歌的旋律或歌詞。不過他仍然熱愛聽音樂、任何音樂，甚至熱愛唱歌。

我們在接近傍晚時抵達海邊。潮漲得很高，浪花很厚重。我潛入水裡，迎向幾波海浪，但可以感覺到現在蘊含在海浪中的力道很強。第二波海浪就直接把我往海灘方向甩了過去，接著浪花沖刷上來又很快退去；突然之間，那波浪的力量遠大於我，不但讓我脫離了重力的掌控，還直接掌控了我；那道波浪以一股原始的力量把我擊沉，我沒入無底深淵，但當我雙腳探到了底下一整片粗沙粒後，便用力一蹬，很快又爬上了海灘。海浪猶豫了一下，逕自躊躇不動，接著如多足生物般嘶嘶撤退回深水中，餘下的觸腳則彷彿對我沒什麼興趣似的，沒把我拖入海裡。

我努力爬上沙灘，躺下，菲尼斯過來，故作姿態地量了量我的脈搏，接著又回到海裡。他在水裡待了一個小時，但每隔幾分鐘就會來和我說說話。沙子因為曬了一整天太陽而發燙，為了躺下，我還得把表面的沙子刮掉一層。至於在沙灘的另一邊，菲尼斯則開始了一連串高得驚人的跳躍。

如冬天般寒冷的海水，不停地往附近的岩石噴灑閃著陽光的水沫，這陽光配上海水的組合總是讓菲尼斯迷醉，另外還伴隨著從海面吹來的潮鹹海風，陣陣風吼聲交疊累積，全都充滿了冒險與挑逗的精神。他非常自得其樂地到處奔跑，甚至對著飛過的海鷗大笑。為了讓我高興，他做了腦中想到的所有事。

我們在一個熱狗攤吃了晚餐，身體背對著大海以及變冷的海風，臉則因為坐在烹調檯邊而發熱。吃完後，我們走向沙灘中央，那裡有一排隱蔽的新英格蘭廉價酒吧。木板道上的燈光襯著逐漸變藍的天空，散發出星子般的美好色澤，在這片輕透的暮光中，就連那一串廉價酒吧、射擊場和啤酒花園所射出的光線，都閃耀著靜謐與純粹。

菲尼斯和我穿著球鞋和白色寬褲走在木板道上，菲尼斯上身穿著一件藍色馬球衫，我則穿了一件T恤。我發現人們都定定地盯著他，所以我看了看我們兩人，想知道原因何在。他的皮膚散發出曬過的紅銅色光彩，棕髮因為陽光有點褪色，我還注意到，他曬過的膚色更襯出他雙眼閃射的藍綠色冷火。

「每個人都在看你，」他突然跟我說，「都是因為你今天下午曬出來的膚色……你這個愛出風頭的傢伙。」

我們那天晚上打破夠多規矩了，所以都沒有打算去廉價酒吧或啤酒花園喝一杯。不過在一間看似高檔的酒吧中，我們仍想辦法說服了一位酒保（至少看似是說服了）。我們說我們倆的年紀足以喝酒，而且只秀了一張偽造的兵役卡，便各自喝到了一杯啤酒。接著在沙灘一個冷清的角落，就在沙丘之間，我們找到了一個完美的過夜地點。那天臨睡前，菲尼斯來了一場獨白：「我希望你今天在這裡玩得開心，我知道我算是強迫你來，但我畢竟不能隨便找個人來，也不能自己來，而在青少年時期，最適合的旅伴當然是你最好的朋友。」他猶豫了一下，然後又補充：「你就是這樣的朋友。」接著他逕自沉默地躺在沙丘上。

說出那樣的話需要勇氣，畢竟在戴文這個地方，如此赤裸暴露自己的感情幾乎與自殺無異。當時我應該回答他才對，說他也是我最好的朋友；我幾乎要說了，但又有些什麼阻止了我。說不定我是被自己的感受阻擋了，那感受比思緒深沉，包含了一切真相。

4

第二天早晨，我首次目睹了黎明。剛開始並不如我所想像的那般華麗、大張旗鼓，反而只是海面上一片怪異的灰色，像是透過一塊粗麻布看陽光。我往菲尼斯的方向看去，想知道他醒了沒，但他還在睡，只是在如此微弱的天光中，他看起來更像是死了。海洋看起來也一片死寂，死灰色的海水侵蝕沙灘般地來回湧動，就連沙灘也是一整片死灰色。

我翻身，試著再次睡著，但沒辦法，所以只好仰躺著望向粗麻般的灰色天空。此時烽火般的顏色正開始緩慢地刺穿天際，彷彿一架架樂器接連開始排練。天空成為綴了顏色的銀白，海水也因為光線反射明亮了一些；那些明快的光線閃耀在浪尖上，但在海水灰暗的表面底下，我還能看到一股屬於午夜的深綠在徘徊。沙灘褪去了原本的死寂，成為一片幽靈似的灰白，接著白色壓過了灰色，終究成為一整片無瑕的潔白，讓整個場景如同伊甸園的水岸般純潔。菲尼斯還在沙丘上沉睡，他讓我想到拉撒路⑧，那位被上帝一碰就復活的人。

我沒有花很多時間思考菲尼斯的轉變。打從我有記憶開始，在我腦中總是有時間不停前行的滴答聲，所以我光是觀察天空和海洋，就知道時間大約是六點半，騎回戴文的時間又至少要三小時，而我的重要考試「三角學」十點就要開始了。

菲尼斯起床了，「這是我睡得最棒的一晚。」

「你什麼時候睡不好過？」

「我在踢足球時搞斷腳踝那次。我喜歡沙灘現在看起來的樣子。我們是不是應該來趟晨泳？」

「你瘋了嗎？現在已經太晚了。」

「現在到底幾點啦？」菲尼斯知道我是個行動時鐘。

「快要七點了。」

「還可以稍微游一下。」我還來不及說些什麼，他已經往海水走去，邊走邊脫衣服走進海裡。我在原處等他，過了一會兒，他全身都是冰涼的水光，精力充沛地走回來。他還是說個不停，我卻無言以對。「你有錢嗎？」我在詢問的當下突然緊張起來，不知道他是否在昨晚把我們那七十五分錢弄丟了。我們在沙灘上無望地搜尋，最後只好沒吃早餐就出發。我們往回騎了好久的腳踏車，最後好不容易趕上了考試。結果考試沒過。其實我一看到題目就知道了。那是我第一次考試沒過。

不過菲尼斯沒留什麼時間讓我擔心。因為才剛吃完午餐，我們又玩了一下午的「閃球」，吃完晚餐後則是「暑期班之超級自殺幫」的聚會。

那天晚上我們回到房間。我雖然因為各種活動累壞了，但還是努力想追上三角學的進度。

「你太認真了，」菲尼斯說，他就坐在學習桌的正對面。檯燈在我們之間投下一片黃色的圓形光暈。「你已經掌握歷史、英文、法文和其他那些科目了，三角學到底有什麼用？」

「首先，如果要畢業，我就得考過這科。」

「別跟我打官腔。戴文中沒有人像你這麼厲害，你一定能畢業，所以才不是為了『那個原因』在努力。你想領先全班，你想負責畢業演說，這樣在畢業典禮那天，你就

⑧除了自己的復活之外，耶穌還曾讓伯大尼的拉撒路在死後四天復活，那是他行使過最厲害的神蹟。

可以上台演講，用拉丁文或其他差不多無聊的語言，並因此成為全校的『超級男孩』。我了解你。」

「別蠢了。我才不會把時間浪費在這種事情上。」

「你這人才不會浪費時間。正因為如此，我得代替你發表演說。」

「反正，」我有點怨恨地補充，「總得有人代表全班發言。」

「你看吧，我就知道，那是你的目標。」他平靜地作結。

「胡說八道。」

如果是呢？那確實是個不錯的目標。他幾乎已經確定會發言了，因為他贏了很多獎，也以此為傲，像是蓋布瑞斯足球紀念獎盃和「戴文之接觸獎」，今年或明年也還有兩三個體育相關獎項是他的囊中物。如果我在畢業典禮那天代表全班演講，還贏得「最佳學業成就獎」，那麼我們就能共同領先，就平手了。我們就會平手了……

原來是這樣嗎！我的眼神從課本射向他，在書桌上的那片光暈中，他有注意到我的眼神嗎？似乎沒有。他只是繼續用菲尼斯獨特的速記花體字在寫湯瑪斯．哈代的作業。**所以是這樣嗎！**他頭低低的，沐浴在那片燈光中，我可以看到他眉毛上方的一塊突起，那個部位的突起通常被視為意志力的象徵。菲尼斯本人才不相信什麼意志力。但他腦中到底在想些什麼呢？如果我領先全班，得到了學業成就獎，我們就平手了⋯⋯

他突然抬起頭，我趕緊把頭低下，然後用力瞪著課本。「放輕鬆啦，」他說，「你要是繼續想，腦子會爆掉。」

「你不用擔心我，菲尼斯。」

「我不擔心。」

「你該不會⋯⋯」我不確定自己能掌控好這個問題，「介意最後由我代表全班上台演講吧？」

「介意？」他那兩顆清澈的藍綠色眼睛對著我。「本來就很可能是你，不然就是查特．道格拉斯吧。」

「但你不介意，是吧？」我重複，語調低沉明確。

他要笑不笑地看著我，那是他的招牌，而且總是為他招來麻煩。「要是我嫉妒誰的話，我會靠著自殺結束一切。」

我相信他。這種玩笑的態度是他的保護網，但我也知道他是認真的。此時三角學課本在我眼前糊成一片，我再也看不清楚，腦中也開始轟隆作響。他不但介意，而且還對我可能領先全班感到不屑。我腦中出現了各種爆炸性的想法，並隨著一次次的確認接連引爆，我想到自己最好的朋友，砰，想到所謂的感情和夥伴之情，想到在一個男孩學校叢林中有人能站在你這邊，砰，想到在這個學校、甚至這個世界，你希望能有一個值得信任的人。「查特．道格拉斯，」我語氣猶疑地說，「是最可能的人選。」

我此刻的心情簡直悲慘到無從描述。我眼神掃過課本，幾乎無法呼吸，彷彿氧氣早已從房內逸失。我的腦子在崩潰的情緒中閃過各種思緒，迫切想找到一些足以依靠的想法。我不需要依靠什麼絕對的事物，那種可能性已經被抹消了，我只需要依靠一些足以慰藉我的事物，一些讓我在廢墟中得以存活的事物。

我找到了。我找到了那個倖存下來的想法：你和菲尼斯已經平手了。你們甚至是彼此的對手。你們都在冷漠而孤獨地前行。確實，你憎恨他打破了學校的游泳紀錄，但那又如何？除了最後一次考試，他也恨你每次成績都拿A呀。如果不是他的話，你連最後一次都可以拿A呢。要不是因為他的話。

接著我又領悟了一件事，那領悟如同沙灘邊的清晨般清澈：菲尼斯是故意讓我沒時間念書！那也解釋了我們為何要玩「閃球」、為何每晚為了「自殺幫」聚會，也解釋了為何他逼我參加所有足以分心的活動。我總是相信他那些「你是我最好的朋友」的胡說八道！我還相信每次我不想參加活動時在他臉上浮現的失望陰影！甚至相信他總是想和我分享一切的本能反應！是啦，他什麼都想和我分享，尤其是他在每個科目所拿的D。因為只要如此，他這位偉大的運動員就能贏過我，所以這一切都是他冷酷的把戲，一切都是算計，都是惡意。

我覺得好多了。沒錯，我在噁心的感覺過去之後真心覺得好多了，就像流光了解脫的汗水。我覺得好多了。畢竟我們還稱得上是彼此的敵人。畢竟我們是你死我活的宿敵。

在這次事件後，我成了一位傑出的學生。我本來成績就不錯，只是對學習不那麼感興趣，也不會因此興奮；查特．道格拉斯倒是這種人。但我現在不只是「不錯」，還變得頂尖，查特．道格拉斯更成為我眼中唯一的敵人。不過我也發現，查特對學習真的很感興趣，那反而弱化了他的威脅力道。舉例來說，他對立體幾何學的斜面單元非常著迷，導致他的三角學考得幾乎和我一樣糟。當我們讀《憨第德》⑨時，查特覺得自己得到一個觀看世界的新視角，所以飢渴地繼續讀了伏爾泰⑩的其他法文作品，但我們全班早已在讀別

⑨《憨第德》（*Candide, ou l'Optimisme*）是法國哲學家伏爾泰在一七五九年創作的一本諷刺小說。

⑩伏爾泰（Voltaire）原名弗朗索瓦—瑪莉．阿魯埃（François-Marie Arouet, 1694-1778），法國啟蒙時代重要思想家。

人的作品了。他在這方面的弱點實在太明顯了。在我看來，一切學問都是一樣的——伏爾泰、莫里哀、運動定律、大憲章、邏輯謬誤和《黛絲姑娘》——所以我全都一視同仁地看待。

菲尼斯對這一切無從理解，因為在學術領域，這一切實在離他太遙遠。他上課時總是癱坐在椅子上，大家在討論時，他的表情彷彿正在進行哲學思考，但也非常警覺；如果被迫發言，心思單純的他會用足以將人催眠的嗓音亂編一個答案，這答案通常不對，但也很難說它不對。紙筆測驗則是災難，因為他無法說話，所以只能拿到勉強通過的成績。他也不是不讀書，他確實有讀書，只是偶爾密集地東看一點、西讀一些。隨著那個關鍵的夏日接近尾聲，我開始嚴密督促自己，而菲尼斯隨機讀書的次數也隨之增加。

情況愈來愈明顯了。首先，我愈來愈確定自己已成為學校最棒的學生，菲尼斯則無疑是學校最棒的運動員，以此來看，我們確實平手。但如果他是個糟糕的學生，我是個還不錯的運動員，然後我們把一切丟到天秤上去量，指針絕對會往我的方向偏。因此我可以想像，此時他要拯救自己的緊急措施，將是再次對我發動攻擊——就是讓我無法讀書。所以，我只能更加倍地努力讀書才行。

結果，情況的轉變非常驚人。我們在那幾週處得相當好。有時我甚至忘了他的背信忘義，覺得自己又重新和他親近起來。或許是這夏日的每個破曉時分都透著涼爽，清晨的空氣中充滿生命開展的氣味，那氣味很難形容，像一種以氧氣為主的毒藥，一種來自北方的閃亮邪教，一種氣味，一種絕望的保證，讓我即便抗拒卻還是倒回床上。在這些充滿感官興奮的清澈早晨，我根本無法記住我恨誰，也忘了誰恨我。當一陣陣絕望的喜悅或無法承受的允諾襲來，我只想放聲大哭；又或者只是因為這些清晨太美；又或者只是因為這世界充滿太多仇恨，多到世界簡直無法承載。

夏日悠閒推進，也沒有人管我們了。有一天，我發現自己竟然開始向普丹姆先生描述我和菲尼斯在海邊過夜的事，他似乎對所有細節都很有興趣，還忘了我們這麼做根本違反校規。

看來是沒有人在意，沒有人會拿真正的規範來管束我們。大家任由我們自生自滅。

然後是八月來了，新罕布夏的夏日光輝逐漸變得深邃。月初有兩天不停下著細雨，這雨讓所有地方都豐盛起來，以至於戴文那些原本總是半衰敗或完全光禿的老樹枝條，現在卻像風暴席捲般地冒出許多嫩葉；原本不引人注意的地面也變了形貌，彷彿要聲明自己本來就是花園的一部分；體育館附近的草叢與河流也變得活色生香。空氣中潛伏了一股清新的氣息，彷彿春天在夏季中期又重回大地。

但考試也快到了。我準備的狀況不如預期。「自殺幫」持續每晚聚會，我也持續參加，雖然我已經看破菲尼斯的心思，但不希望被他發現。

此外，即便我知道他是否在樹上超越我已變得無關緊要，我也明白自己心裡擁有的一切才是重要的，但還是不希望他在「自殺幫」的表現擊敗我。我已經感覺到，菲尼斯只是個孤獨又充滿自私抱負的傢伙。他沒有比我好，無論他贏了多少體育比賽都一樣。

接近八月底的一個星期五，學校宣布了法文考試的時間。於是到了星期四下午，我和菲尼斯便在圖書館中K書。我在背誦法文單字表，他則是寫了一堆法文夾雜英文的小紙條（**我完全不懂法文，法國的女孩不不不穿褲**），然後狀似嚴肅地傳給我——彷彿那些都是「官方備忘錄」——並藉此理所當然地害我無法把書讀完。晚餐之後，我回到房間繼續努力。幾分鐘後，菲尼斯也回來了。

「全體起立，」他輕快地說，「資深監督發起人！艾爾文·雷普·雷普利爾已經宣布今晚要從樹上跳下，好證明自己的能力，好拯救自己的顏面。」

我一點也不相信。即便在一艘即將下沉的戰艦上，雷普·雷普利爾都會因為嚇得癱軟而不敢跳海。現在一定是菲尼斯逼他，好讓我無法準備考試。我於是轉身，說出了狡猾的迴避藉口。「要是他真的從那棵樹跳下去，我就是甘地。」

「好吧，」菲尼斯漫不經心地同意，他總能如此自然地翻轉溝通當中的固定語意。

「快點，我們走吧。我們得去那裡。誰知道呢，他可能這次就會跳了。」

「噢，我的老天。」我用力把法文課本闔上。

「怎麼啦？」

多好的演技呀！他表情裡的真誠挺讓人疑惑。

「我要讀書呀！」我憤怒地大叫。「我要讀書！你知道的，課本，作業，考試！」

「所以……」他等著我繼續講下去，彷彿不明白我的意思。

「噢，我的老天！你不知道我在說什麼？是呀，你當然不知道。你怎麼可能知道。」我起立，用力把椅子靠上。「好呀，我們走，我們去看『膽小鬼』雷普利爾無法從樹上跳下去的那一刻吧，然後讓我毀了考試成績。」

他以一種興味盎然的驚訝表情看著我。「你想準備考試？」

我對他的溫和反應有點不自在，所以用力嘆了口氣。「算了，忘了吧。我知道，我參加了社團，我會去，不然還能怎樣。」

「那就別去。」他簡單隨意地說，彷彿只是在說「今天多美好」一樣，然後聳聳肩，「別去。管他的，反正就只是個遊戲。」

我在房間裡停下來，只是望著他。「你的意思是？」我咕噥著問。他的意思其實夠清楚了，但我還在尋求語言背後的意義，想知道他到底在想什麼。或許我該問的是，「你現在到底是誰？」我覺得自己面對的完全是個陌生人。

「我不知道你需要準備考試，」他簡潔地說，「我以為你從來不需要。我以為你隨便都能考好。」

他似乎用同樣的方式理解我的考試能力和他的體育能力。對他而言，每個人大概都有不費力就能做好的事。他還不知道自己有多麼特殊。

我不太能維持正常的嗓音。「要是我得準備考試，你也要。」

「我？」他輕輕地笑了笑。「聽著，我可以沒完沒了地準備，但怎麼樣也無法考過C。但你不一樣，你夠厲害，真的。要是我有那樣的腦袋，我就會……我就會把自己的腦袋切開，好讓人們看看裡面的樣子。」

「欸，等一下……」

他把雙手放在椅背上，傾身靠近我。「我知道。我們總是到處玩、到處胡鬧，但你偶爾需要認真，對某件事認真。要是你在某方面真的很厲害，我的意思是，要是完全沒有人，或者幾乎沒有人跟你一樣厲害，那你就得對這件事非常認真。千萬別浪費時間，我的老天。」他不贊同地對我皺眉頭。「你想好好讀書，之前為什麼不說？別離開書桌呀，你可是全部要拿A呢。」

「等一下，」我毫無理由地著急起來。

「沒關係呀，我會負責監督雷普。我也知道他不會跳。」他已經在門口了。

「等一下，」我的語氣變得急切。「再等一下，我要去。」

「不，你不用去，我的夥伴，你得準備考試。」

「別管考試了。」

「你覺得你已經準備好了？」

「對。」我簡單丟下這個答案，省得他繼續告訴我該如何讀書。於是他放過我，趕在我前面走出門，嘴裡哼著走音的曲調。

我們在巨大的校園中跟隨自己的陰影，接著菲尼斯開始瘋狂地亂講法文，多少想給我一點練習的機會。但我什麼都沒說，只是對於環繞自己的孤獨有了新的領悟。和此刻相比，我之前對那棵樹的種種恐懼根本不算什麼，因為就在此刻，我面臨的危險不是可能捽斷脖子，而是對事物的理解力。他從未嫉妒我，一秒也沒有。我現在終於知道了。我們之間從未存在敵對關係，以後也不會有。我和他根本不屬於同一個類別。

但是對於這一切，我再也無法忍受了。我們找到了在樹下遊蕩的其他人，菲尼斯精力旺盛地開始脫衣服。他對於逐漸消退的天光很滿意，對於這棵樹帶來的挑戰以及我們之間緊張的競爭氣氛也是。他在這種時刻特別生龍活虎。「走吧，你和我兩個人，」他喊，因為想到了一個新點子。「我們一起跳，雙重跳！厲害吧，嗯？」

這些都不重要了，他現在要我做什麼都無所謂。他開始沿著木釘往上爬，我也跟在後面爬，兩人一路爬到樹幹上那根高高的枝幹。菲尼斯沿著枝幹往外爬了一小段，手抓著附近一根較細的枝條以支撐身體。「出來一點，」他說，「等一下我們肩並肩一起跳。」眼前的鄉間景致非常動人，運動場和邊緣的灌木叢是一整片深綠色，河流對岸的白色禮堂看起來像座迷你模型。在我們身後，最後幾絲陽光長長地劃過校園，不但突顯了地面上所有細微起伏，還讓每一叢分開的灌木更為顯眼。

我緊緊抓住樹幹，往他的方向踏了一步，接著膝蓋彎曲，用力抖了一下枝幹。菲尼斯瞬間失去平衡，甩頭看了我一眼，那表情意味深長，接著他便往側邊摔了下去，弄斷許多底下的小枝條後摔落河岸，發出一聲令人害怕的不自然悶響。那是我首次看到他笨拙的體態。接著我想也不想地篤定往枝幹尖端移動，跳入河裡。所有的恐懼都已被我遺忘了。

5

接下來幾天，我們全被禁止接近醫務室，但我聽見從中傳出各種謠言。到了最後，有一項事情很清楚了：他的其中一條腿「粉碎」了。我不太確定這個詞的意思，不確定是斷了一處還是很多處，也不確定是斷得很乾脆還是更糟，可是我沒問。我再也沒得到新消息，但他們仍然無休無止地談論著。我想，在我聽力所及的範圍外，那些人一定也談論別的話題，然而一到我面前，他們就只會談菲尼斯。這在我看來是很理所當然的，畢竟我就在事發現場，而且又是他的室友。

在我的記憶中，這件事對教官造成的影響遠勝於其他災難。他們似乎認為這不該發生在一位十六歲的少年身上，太不公平了，而且還是發生在一九四二年夏天，在這批開心自由的其中一位男孩身上。

我實在無法再聽別人談論這件事了。要是有人懷疑我，我或許還能產生某種自我辯護的力量，但沒有。沒有人懷疑我。菲尼斯一定仍然傷重虛弱，不然就是情操太高貴了，所以沒有把我供出來。

我幾乎把所有時間都花在房間裡。我試圖清空腦中所有思緒，試圖忘記自己身在何處，甚至希望忘記自己是誰。一天晚上，當我帶著這種麻痺的心態為晚餐著裝時，我突然有了個想法。在菲尼斯從樹上跌落後，那是第一個讓我感到有力的想法：我決定穿上他的衣服。我們的身材尺寸相同，雖然他總愛批評我的衣物，但還是常常偷穿出去，然後很快忘記哪些是我的、哪些又是他的，但我從來不會搞混。那天晚上，我穿上他的柯爾多瓦皮鞋和長褲，花了一段時間找到他已經洗好後整齊收在抽屜裡的粉紅色襯衫。襯衫的高領子有點硬，緊貼著我的脖子，寬大的袖口碰觸我的手腕，高雅的質料則貼著我的肌膚，在在激起了一股奇特而明確的感受：我覺得自己彷彿是一位西班牙的上流人士，一位西班牙貴族。

然而當我看著鏡子裡的自己，那模樣離我想像的貴族還很遠，沒有一絲做白日夢時應有的特質。我不過是變成了菲尼斯，重生的菲尼斯。我甚至出現了菲尼斯的幽默表情，他那種尖銳又樂觀的自覺。我不知道自己為何如此放鬆，但穿上菲尼斯的勝利襯衫站在那裡，似乎帶給我一種感覺：我不用再對自己的定位感到困惑了。

我沒有下樓去吃晚餐。自我轉變的感受整晚跟隨著我，就連我脫下衣服上床睡覺後也一樣。那天晚上我輕易入睡，直到第二天醒來，這場幻覺才破滅。我又得再次面對自我，還有我對菲尼斯所做的好事。

該來的還是要來，而那天早上終於來了。「菲尼斯好多了！」在教堂的台階上，史坦波醫生這麼告訴我，背景則是管風琴漸弱的隆隆聲響。我從唱詩班背後慢吞吞地走過去，他們的黑色長袍在清晨微風中翻飛，而醫生的話語則在我周身振動。他也許會在眾人面前責備我，但沒有，他只是把我帶到通往醫務室的小路上。「他現在可以見一兩位訪客。危險期已經過去了。」

「你不覺得，我可能會讓他不開心之類的嗎？」

「你嗎？不會，怎麼會呢？我不希望一堆老師在他身旁瞎打轉，但一兩個夥伴對他來說會是好事。」

「我猜他身體狀況還是很糟。」

「確實是經過一段混亂。」

「但是，他覺得……他感覺如何？我的意思是，他有開心起來嗎？還是……」

「哎呀，你懂菲尼斯這個人。」我不懂，我很確定自己完全不懂。「確實是經過一段混亂，」他繼續說，「但我們終究會幫他走出來。他一定能再次開始走路。」

「再次『走路』！」

「沒錯。」醫生沒有看我，也幾乎沒有改變說話的語調。「運動是不可能了，畢竟經歷了那樣的意外，這是可以想見的。」

「但他必須可以，」我大叫出聲，「要是他的腳還在、要是你沒把他的腳截掉的話——你沒截掉，是吧？——總之，要是腳沒被截掉，骨頭也還在，那功能一定會恢復吧？怎麼不會呢？當然會恢復呀。」

史坦波醫生猶豫了一下，似乎也朝我望了一眼。「運動是不可能了。身為朋友，你必須幫助他面對這件事，幫助他接受。只要愈快接受，他的情況就會愈好。關於走路以外的功能，只要有一絲最微渺的希望，我都願意去努力，但真的一點希望也沒有了。我很抱歉，大家也很遺憾。這是一場悲劇，但事實已擺在眼前。」

我抱住頭，指尖深陷肌膚，醫生想要表現善意，於是搭住我的肩膀。因為那一下碰觸，我失去了控制自己的所有希望，把臉埋入雙手大哭起來。我為菲尼斯哭、為自己哭，為醫生以為自己在面對的情況哭。不過最主要的，我還是為那份善意而哭，那是我沒有預料到的善意。

「你現在這樣不好，你必須開心又充滿希望，他需要你表現出這種精神。他尤其想見你，你是他特別指定的朋友。」

我停止流淚，放下雙手，眼看著醫務室的紅磚外牆慢慢接近。多麼令人愉快的一棟建築呀。當然，他首先就想見我。菲尼斯不會在背後暗算我，他會直接面對面地指控我。

我們走上了醫務室的階梯，一切都發生得很快，轉眼間我已經在走廊上，史坦波醫生推著我往一扇門前進。「他在裡面。我等一下就進去。」

那扇門扉半掩著，我伸手推開，僵直地站在門檻上。菲尼斯躺在成堆的枕頭與床單上，左腳被白色繃帶包得很大，吊掛在床上方，另外有一條管子從玻璃瓶延伸進他的右手臂。我腦中彷彿有個開關被按掉了，我覺得自己快要昏倒了。

「進來吧，」我聽見他的聲音。「你看起來比我還慘。」他的聲音聽起來很輕鬆，這稍微讓我清醒了一點。我走向床邊的一張椅子。才不過幾天的光景，他的身形看起來縮水了，曬過的膚色也消褪了。他用眼神仔細觀察我，彷彿我才是病人，然而眼神中不再有那種犀利的幽默感，只剩下昏沉與迷幻的氣氛。過了一會兒，我才意識到他服藥了。「你為什麼看起來病得這麼重？」他問。

「菲尼斯，我……」我無法控制自己的話語，只能任由字句自動流瀉出來，像是一個人被逼到牆角後的自動反應。「那棵樹上到底發生了什麼事？該死的樹，我一定要砍倒它。反正沒人在乎可不可以從那裡跳下來。發生了什麼事？到底發生了什麼事？你為什麼摔下來？你怎麼會摔得那麼慘？」

「就是摔下來了，」他的眼神勉強維持在我臉上，「有東西晃了晃，我就摔下來了。我記得我轉身看到你，彷彿時間還很充裕，我以為自己可以伸出手，抓住你。」

我反應激烈地從他身邊躲開。「你想把我也拖下去！」

他的眼神仍然勉強維持在我臉上。「抓住你，我才不會掉下去。」

「也是，當然。」我在密閉的房內努力吸氣。「我試過了，你記得嗎？我伸出手，但你已經不見了。你掉下去了，穿過底下那些細枝條，我有伸出手，但只抓到空氣。」

「我只記得自己看到你的臉，一下子而已。你的表情非常搞笑，非常震驚，現在也是。」

「現在嗎？嗯，當然了，我嚇死了。誰不會被嚇到呢？我的老天。這實在太可怕了，一切都太可怕了。」

「但我還是不懂，你為什麼要嚇成那樣？你一副這件事發生在你身上的模樣。」

「幾乎等於發生在我身上呀！我就在那裡，就在那根枝幹上，就在你旁邊呀。」

「對，我知道。我都記得。」

我們之間出現了一片冷硬的沉默，接著我平靜地開口，彷彿我的話會引爆整個房間，「你記得自己為什麼摔下來嗎？」

他的眼神繼續在我臉上逡巡。「我不知道，我一定是失去了平衡。一定是那樣。我確實有個想法，當你站在我身邊時，你……我不知道，我有一種感覺。但你不能只靠感覺來確定任何事，而且這感覺毫無道理。那是一個很瘋狂的想法，我一定是腦袋失常了，所以我得忘了那個想法。反正我就是摔下來了，」他翻身，在枕頭間搜尋了一下，「就這樣。」然後他眼神又飄回我身上，「我很抱歉自己有過那樣的感覺。」

他以為自己是吃了藥才對真相產生懷疑，於是真摯道歉，對此我無言以對。看來他永遠不會指控我了。他只是有過一種感覺，而在此刻，他一定在心中的個人「十誡」上又加了一條：如果你有的只是一種感覺，千萬別指控你朋友犯了罪。

而我竟然還認為我們是彼此競爭的敵人！這一切實在滑稽得讓我想哭。

要是角色對調，菲尼斯像我現在這樣泡在一池罪惡感中，他會有什麼感覺？他會怎麼做？

換作是他，一定會把真相告訴我。

我迅速起身，速度快得連椅子都翻倒了。我無比驚嘆地瞪著他，他也瞪著我，嘴巴隨著時間過去而逐漸咧出笑容。「怎麼樣，」他終於用友善又洞悉一切的語調說了，「你想怎麼樣？催眠我嗎？」

「菲尼斯，我必須告訴你一件事。你不會想聽，但我一定得告訴你。」

「我的老天啊，多麼強大的氣勢，」他一邊說一邊躺回枕頭上。「你聽起來簡直像麥克阿瑟將軍。」

「我不在乎自己聽起來像誰，等我告訴你之後，你也不會在意了。這是全世界最糟的事了，我很抱歉，我不想告訴你，但我一定得告訴你。」

但我沒有。史坦波醫生在我來得及開口前進來了，接著又來了一名護士，然後我被請了出去。第二天，史坦波醫生認為菲尼斯還不適合會客，即便是像我這樣的老友也不行。過了不久，他就被救護車送回波士頓的老家了。

暑期班正式接近尾聲，但對我來說，時間卻無從調解地懸宕了，彷彿被怪異地暫停下來。我往南回到家鄉，度了一個月的假，但整個月都活在一種虛幻不實的氣氛中，彷彿這個月的生活我早已經歷過，而且在第一次經歷時就已經失去了興趣。

到了一九四二年的九月底⑪，我搭乘火車回到戴文，一路上既擁擠又顛簸，最後比預定時間晚了十七小時抵達波士頓。這在戴文來說可是一項殊榮。每當有人經歷了長途的冒險旅程，就會有足以向大家報告或捏造的素材，也可以在假期結束後的幾天佔據最多發言時間。

幸運地，我在波士頓的「南站」招到一輛計程車，然而我沒有說自己要去「北站」，沒有跨越波士頓以趕上最後一班火車，也沒有完成抵達戴文的最後一小段旅程；我只是在後座坐好，聽著自己把菲尼斯家的地址告訴司機。

我們輕易地找到了菲尼斯家，那在一條中央滿是榆樹枝條掩映的街道上。潔白的房舍很高，作為菲尼斯的住所異常合適。它呈現了這條街道最優雅的面向，不過走到房舍後方的側翼與延廊時，這份優雅便快速消逝了，僅餘形式，最後只剩下一座單純的穀倉。

似乎再也沒有什麼會讓菲尼斯感到驚訝。一位打掃的太太應門，而等我走進他坐著的房間裡時，他看起來很開心，而且一點也不驚訝。

「所以你們每個都會跑來，」他的聲音一如往常響起，彷彿飛機起飛，「而且還會

⑪一九四二年九月九日，日本於奧勒岡州丟下了燃燒彈，在美國境內造成一陣騷動。

從南區帶一些點心給我，是吧？糖蜜金銀花或之類的東西？」我努力想講出一些俏皮話。他說：「還是玉米麵包？你一定帶了些東西吧。你不可能大老遠回到『迪西』⑫，結果回來時卻雙手空空，只帶了那張悲慘的臉吧？」他繼續講個不停，一方面忽略我臉上的震驚與尷尬，一方面也是替我掩飾。我一看到他就沉默了，因為他坐在躺椅中那片白色的醫院枕頭堆上。在戴文的醫務室時，雖然景象類似，但他看起來還像個受傷的運動員，只是暫時因傷休息，教練還是隨時會來叫他上場。然而在雄偉的新英格蘭式壁爐前，又在這樣一條安靜的街上，他看起來就像個無行為能力的人，一個居家的囚徒。

「我帶了……我老是忘記要帶東西送人。」除了這段自我指責的發言，我努力想發出其他聲音。「我會再送其他東西來，花啦、或者其他東西。」

「花！你在『迪西』時發生了什麼事？」

「嗯，那麼，」我的腦中完全找不出輕巧的話好說，「我送你一些書。」

「別管書了，我寧願聊一聊。你在南方時過得如何？」

「事實上，」我擠出所有歡快的聲音，「有一場火災。其實只是我們房子後方的草燒了起來。我們……拿了把掃帚，想把火打滅。可是我猜，用掃帚只會搧風，因為火愈來愈大，最後消防隊終於來了。他們一下就看出火災在哪裡，因為我們拿著燃燒的掃帚亂揮，還以為自己在滅火。」

菲尼斯喜歡這個故事。這種交換故事的舉動讓我們重新變回親密的好夥伴，但這樣我該如何提起那件事？那可不只是個青天霹靂的消息而已，畢竟連聽起來都不真實。

我覺得不能在這段對話中提，也不能在這個房間內提。我多希望自己在火車站遇見他，或者某個高速公路交叉口，總之只要不是此時此地就好。這個房間內的小小窗玻璃擦得好亮，牆上掛著許多模型和老舊畫像。椅子不是裝飾繁麗，就是舒服得讓人無法保持清醒，另外還有從未被人坐過的早期美式風格大椅。幾張堅實的方桌上擺滿家族照片和隨手放的書籍雜誌，另外還有三張優雅的小桌，同樣都沒人使用過。這是一個妥協過的房間，其中幾件好「傢俱」專門供客人觀賞，剩下的才是真的供人使用。

但我認識菲尼斯的地方不是這樣。我們一起生活在沒有個人特色的宿舍、體育館和運動場，就連我們在戴文共享的房間也是。那房間中也曾有一堆陌生人住過，之後也還會有其他人入住。我是在那樣的環境下幹了那件好事，卻得在這裡坦白。我覺得自己像個打算從一片叢林中跑來拆了這地方的野人。

---

⑫迪西（Dixie）指的是美國南部各州。

我坐回早期美式風格的大椅中，那椅背很堅硬，扶手很高，所以我被迫擺出正直的姿態。我的血液反正早已接近沸騰的邊緣，那麼就來吧。「我在來這裡的路上，想的大多都是你。」

「噢，是嗎？」他稍微瞄了一下我的眼睛。

「我在想你……還有這場意外。」

「你真是個忠實的朋友，放假時還想到我。」

「我在想那場意外……想你，是因為……我會想你和那場意外是因為，那是我造成的。」

菲尼斯穩穩地看著我，他的臉龐非常俊俏，但毫無表情。「你是什麼意思？是你造成的？」他的聲音和他的眼神一樣穩定。

我的聲音聽起來既虛弱又陌生。「我在枝幹上彈跳了一下。是我害的。」接下來又是這句話。「我故意在枝幹上跳了一下，害你掉下去。」

這時的他，看起來比我認識的所有時候都老。「你沒有，當然沒有。」

「有，我有。我有！」

「你當然沒有。你這該死的傻瓜。坐下，你這該死的傻瓜。」

「就是我害的！」

「要是你再不坐下來，我就要揍你了。」

「揍我！」我看著他。「揍我！你連站都站不起來！你根本無法靠近我！」

「再不閉嘴我就殺了你。」

「你看吧！你要殺我！現在你知道是怎麼回事了！我會這麼做就是為了要殺你！你現在懂了吧！」

「我什麼都不懂。你走吧。我累了，你讓我不舒服。走吧。」他變得虛弱，以一種不自然的方式撐著額頭。

我突然明白自己又傷害了他一次。我突然明白，比起我上一次造成的傷害，這次更嚴重。我必須反悔，必須抵賴自己說過的話。有沒有可能他是對的？我真的是確定自己蓄意害他的嗎？我不記得了，我無法思考。然而事實是，他知道這些只會讓情況變得更糟。我必須收回說過的話。

但不能在這裡。「你幾個禮拜之後會回戴文，是吧？」我們兩個安靜地坐了一陣子後我才問。

「是。我感恩節就會回去了。」

等到了戴文，等周遭的傢俱都不再強調菲尼斯如同傢俱般無用之後，我就可以補償他了。

現在我必須離開這裡。要做好這件事只有一個方法，但我之後的每一步都做錯了。

「這趟旅程實在長得可怕，」我說，「我在火車上沒睡多少。我猜我今天說的話都沒什麼道理。」

「別擔心。」

「我想我最好趕快回車站。我回戴文的時間已經晚了一天。」

「你沒打算照著規矩過日子，是吧？」

我對著他咧嘴一笑。「噢，是啊，我才不打算守規矩。」那是我錯得最離譜的舉動，也是我說過最大的謊言。

6

平和的氣息已拋棄了戴文。雖然校園與周遭村莊還留有夏日如夢一般的靜謐，但外表已經看不太出來。秋意仍未影響旺盛的樹木，在日正當中之時，陽光甚至還能短暫顯現出屬於夏日的熱力，就連空氣中都只有一絲寒氣暗示即將到來的冬天。

然而一切，都有如首批落葉被一陣全新有力的風捲走了。而這幾十位男孩強行灌食教育課程的暑期班也到了尾聲。在通過這扇人生的快速閘門時，所有教官幾乎都不在了，大部分的傳統也為了抵抗暑熱而束之高閣。這是學校第一次開辦暑期班，此刻開學的則是第一百六十三屆的冬季班。學校正開始全力整肅夏日那鬆散又隨性的精神，如同對待那批被捲走的落葉。

教官們全都出現在第一教堂，各循其位，他們坐在凳子上，以正確的角度面對我們，並以疲憊的表情及粗魯的舉止暗示他們從未真正遠離。

在教堂東面的半圓突出處坐了教官的妻小，也是我們在無趣冬日永遠的議論目標，這議論彷彿是每年的儀式（他到底為什麼跟她結婚？她又是怎麼了才會跟他結婚？他們兩個是幹了什麼才創造出那些小怪物？）。教官們喜歡在這溫和的開學日穿泡泡紗，妻子們則全部戴上帽子。五位比較年輕的老師缺席，上戰場去了。派克先生則穿了他的海軍上尉軍服出席；他的某些直覺反應想必讓他在海軍官校中存活下來，也讓他在今天回到了戴文。他的臉前所未見地絕望、虛弱、猶疑不定，下方則是俐落堅挺的軍服，這組合讓他看起來像個冒牌軍官。

「永續精神」是此刻的主旋律。教堂內彈奏起和之前同樣的詩歌，響起同樣的講道詞，也出現了同樣的宣言。只有一項例外：女僕們都因為這段「時期」消失了——又是一個新名詞，「時期」，但「永續精神」還是被不停地強調。我們不是迎接新的開始，而是依循戴文從未被打破的傳統，繼續接受教育。

我知道，而我或許是唯一知道的人，這一切都是假象。在那幾個月的溫暖夏日中，戴文精神已經從我們指間流逝。傳統被打破了，標準不再遙不可及，所有的規矩也被遺忘。在那段如同逃學的明亮日子裡，我們從未如同開學日的講道內容所強調的，去想起「自己虧欠戴文的一切」。我們只想到自己，想到戴文虧欠我們的一切，甚至還有以外的凡此種種。今日的詩歌是〈親愛的主與天父請原諒我們的愚行〉（Dear Lord and Father of the Mankind Forgive Our Foolish Ways），這也是我們在夏天沒聽過的詩歌。對我們來說，夏日是一首縱情的吉普賽詩歌，將我們引向各種吉普賽式的愚行，不可饒恕的愚行。我很高興今天聽到這首詩歌，因為我差點就被吉普賽詩歌那屬於夏日的舞動與各式嘈雜旋律給魘住了。

不過一切總有尾聲，正如夏日結束在菲尼斯跌落的時候，也就是那最後的漫長天光灑在樹梢的時候。此時一個想法強行擠進我的腦子裡，讓我坐在教堂裡時一直背脊發涼：或許這正印證了戴文所有規矩的正當性，或許冬天的戴文才是對的。如果你試圖擊敗規矩，那些規矩便會擊敗你。我想，這正是開學布道所要傳達的真正重點。

教堂禮拜結束後，我們七百多個屬於冬季戴文的人群便出發了，匆忙趕向一連串必須進行的活動。所有教室都擠滿了人，路上也滿是穿越的人群，宿舍像工廠般吵鬧，公布欄上塞滿了各種訊息。

我們在夏天時本來就是一批不具領導氣質的人，性格各異，只靠著菲尼斯獨特的個人魅力帶領。然而現在，正規班長及善於操弄的學生重新掌權，理所當然地控制了原本屬於我們的走道與場地。我仍住在菲尼斯和我夏天住的房間內，然而隔著宿舍大廳那間原本住了雷普・雷普利爾的套房卻換人住了。在之前七、八月的陽光與霉氣中，原本都是雷普在裡面酣眠做夢，期間偶爾還有常春藤爬過窗格長進來，但現在卻是布林克・黑德利在那裡設置了「指揮部」。好幾個人都已經來確認過這項消息了。所以儘管到了最後一年，不幸的雷普還是得和其他人一起搬進那棟老建築，就在通往體育館的樹林間。

在早上的課程和午餐結束後，我跨過宿舍大廳去找布林克。我本來已經要走進房內了，但又停了下來。突然之間，我不想看到雷普蒐集了整個夏天的一盤盤蝸牛被布林克的檔案夾取代。還不想。雖然住在本年度最有權勢的學生對面是件了不起的事，但我還不想面對這一切。一般而言，他對我來說應該非常有吸引力，畢竟班上所有厲害的事都與他有關，他也最有影響力；一般而言，我一定會走進房內──要是那吉普賽式的夏日時光沒有干擾我的話。然而布林克無法提供我想要的東西，儘管他精明睿智，總有無限的計畫，卻無法提供任何足以取代雷普房內霉氣、詭異常春藤和蝸牛的東西。

我沒有走進他的房間。此外，我還錯過了我的午間活動。我以前從不敢遲到，但我今天遲到了，而且還遲到了很久。我本來應該到戴文低地那條河邊的「船屋」報到。戴文有兩條河，當中有座小水壩隔著。我在路上便經過了那條跨越分隔兩河水壩的陸橋，我在橋上朝上游望去，緊緊盯著狹小的戴文河在松樹與樺樹的寬廣交會處朝我流過來。

我每次看見這條河就會想起菲尼斯。不是想到那棵樹和其後的痛苦，而是想起他最愛做的一個把戲：他會興致高昂地用一隻腳站在獨木舟船頭，姿態彷彿河中之神，然後雙臂抬高，彷彿召喚空氣來扶持他，表情彷彿完全變了一個人；他的身體呈現一連串努力平衡又借力使力的複雜狀態，每一條肌肉更是以完美的方式排列，好維持這最高成就的姿態，皮膚則因浸過水而發光；他的身體勉力維持在天空與河流之間，彷彿已克服了重力，只要輕輕一使力，雙腳就能隨時騰起懸空，並將整個夏季的美好榮耀獻上天際。

然而獨木舟會微妙地改變方向，人們幾乎看不出來，但這改變還是破壞了延伸自他身體的平衡連線；他原本彷彿滑翔的手臂會垂下，一條腿無法控制地往空中翻，接著整個人落入水裡後憤怒大吼。

我就這樣在忙碌的一天中停下、想起了他，然後煥然一新地繼續走向水壩之下的河畔船屋。

我們從未在夏天來過這條位於低地的納瓜薩特河，這條河醜陋、鹹澀，邊緣滿是灌木叢、泥巴和海草。由於再過幾英里便入海，所以此河的湧動常取決於一些難以想像的元素，像是墨西哥暖流、極地冰帽，還有月亮。此處和水壩以上的淡水生態完全不同，和那個能供我們在夏日愉快玩耍的戴文河也完全不同。戴文河的分布與發展方式是取決於我們熟悉的內陸山丘，整條河從我們認識的高地農莊與樹林中發端，一路延伸出學校的主要校地，再迎向陡峭水壩旁一座小有景觀的瀑布，最後才通往混濁的納瓜薩特河。

戴文的校區便是如此跨過了兩條河流。

進了船屋潮濕的主間後，站在划槳人群中的奎肯布詩立刻注意到我，深色的眼睛沒有任何情緒。奎肯布詩是船屋經理，是個有點不對勁的傢伙，但我不太確定他是哪裡有毛病。在冬季的戴文班上，每個人的表現與好惡都很極端，而我所了解的奎肯布詩全是來自一些壞名聲。其中一條線索是：大家都是叫他的姓氏，從未有人叫過他的名字，所以我連他的名字都不知道。而且沒有人幫他取小名，就連個不友善的小名都沒有。

「遲到了，佛瑞斯特。」他用那早已老成的聲音對我說。他是那種肌肉結實的類型。說不定他之所以被討厭，也只是因為比我們都早熟。

「對，抱歉，被一些事耽擱了。」

「船員不等人。」他似乎不覺得這話很好笑，但我還是忍不住咯咯笑了出來。

「你如果是想說笑話……」

「我沒說這是個笑話。」

「我是真的需要協助。這批船員必須在新英格蘭學術競技中獲勝，不然我就不叫克里夫・奎肯布詩。」

由於知道了他那未知的名字，我成為船員經理的資深助理。這不是個正式職缺，有時會因為必要而出現；但也不是個閒差，不但老是得工作，而且一點好處都沒有。正式的助理比我小一年級，再過一年就能正式成為資深管理階層，並擁有相應的權力地位，除此之外，應該沒人會直接躍階成為資深助理。然而我已經申請這個不存在的職缺好一陣子了，雖然奎肯布詩幾乎不認識我，我也幾乎不認識他，但現在他確實認識我了。

「拿一些毛巾。」他指向門口，完全沒看我。

「拿多少？」

「誰知道？就拿一些。能拿多少算多少。你拿得動的絕對不會太多。」

這工作通常都由身有殘疾的男孩負責，畢竟所有人都必須參與體育活動，而身有殘疾的男孩就只能做這些。當我走向門口時，我猜奎肯布詩一定在觀察我，看能不能找出我跛行的跡象。但我很清楚，他呆板的黑眼睛絕對找不出任何問題。

下午的課程結束，我們都站在船屋前的浮板上收拾毛巾，此時奎肯布詩看起來溫和許多。

「你沒划過船對吧。」他這般開始了對話，沒有停頓也不帶問號。他的聲音聽起來實在太成熟了，簡直有點裝腔作勢，彷彿客服人員在說話。

「沒有，從來沒有。」

「我在輕量級船員組中划了兩年。」

他的身體如同蝙蝠俠般強悍，我從他身穿的緊身汗衫就能直接看出來。「冬天的時候就玩摔角，」他繼續說，「你冬天都在做什麼？」

「不知道，試著管理一些其他什麼。」

「你已經是高年級生了是吧？」

他知道我是高年級生。「對呀。」

「現在開始管理隊伍似乎有點晚是嗎？」

「會嗎？」

「當然會呀！」他憤慨地將我定罪，直接咬住我些微顯露出來的武斷自信。

「哎呀，無所謂啦。」

「怎麼會無所謂。」

「我覺得無所謂。」

「下地獄去吧，佛瑞斯特，你以為你是誰呀。」

我內心嘆了口氣，轉頭看他。看來奎肯布詩不會任我像個機器人般幫他做事就好。我們得彼此鬥爭。不過現在要看出原因就不難了。從奎肯布詩踏入戴文以來，從上到下的人都不喜歡他，各種粗暴隨便的羞辱不停地朝他射過去，每當選舉或鼓掌通過班級領袖時，他也從未得到想要的職位。我不想加重他受到的羞辱；我甚至同情他顫抖又備受刺激的自尊心。也因這份自尊心，現在只要稍微受到反對，而且還是來自一個被他認為相對低等的傢伙，他便生出了激憤的傲慢。這一切都解釋了他的行為。我沒有被他的言詞激怒，但他的無知卻讓我憤慨。他完全不知道那吉普賽式的夏天，也不知道我努力對抗的失落，他不知道雲雀、水花和拂過花瓣的微風，也沒見過雷普的蝸牛或超級自殺幫的創始成員。對於我和菲尼斯所經歷的一切，他全都沒聽過、不明白，也未曾感受過。

「你，奎肯布詩，對於我一無所知。」話已經脫口而出了，我只得繼續說，「對於其他事情也是。」

「聽你這婊子生下的殘廢兒子……」

我用力揍了他的臉，但一瞬間不知道自己為何這麼做，只覺得自己似乎真的化身為一個殘廢的人。接著我突然了解，有一個人影閃過我的腦海。

奎肯布詩以某種摔角的擒抱技倆勒住我的脖子，我則在此刻暗想，幸好自己真的不是個跛子。我伸手往後，抓住他的汗衫背面猛拉，那件汗衫於是被我脫了下來。我想把他翻過來，但他也同時使力，我們於是扭成一團掉入水裡。

河水澆熄了奎肯布詩的怒火，他把我放開，我跌跌撞撞地爬上浮板。我還在因為他說的話怒火中燒。「下次你要說別人殘廢，」我的咬字非常嚴厲，以確保他每個字都聽得清清楚楚，「你最好確定他們是真的廢了。」

「快滾吧，佛瑞斯特，」他還在水中，語氣挖苦地說，「這裡沒人需要你，佛瑞斯特，滾出去。」

我打了這場仗，為了菲尼斯，這是一場開啟長遠鬥爭的前哨戰。在我的拳頭揍上奎肯布詩的臉之前，我一直沒把自己想成菲尼斯的保衛者，即便到了現在，我也不覺得他會為此感激我。他對於與自己有關的一切都很忠心——他的室友、他的宿舍、他的班級、他的學校，這忠誠圈一路往外延伸，我簡直無法想像誰會被排除在外。然而一切感覺起來仍不像是為菲尼斯而戰，反倒像是為了自己而戰。

這是場收穫極少的戰役，我濕答答地回到宿舍，腳步散亂，想要的工作沒了，脾氣也發完了，腦中也只是反覆播放著這個變質發酸的下午。我知道秋天已經接近，我可以感覺秋意沾黏上我的濕衣服，那是一種既不友善又不舒適的氣息，一種冬季將近的涼意；委頓的空氣彷彿要把所有鄉間燈火都熄滅。我的一隻腳無法停止顫抖，不知道是因為寒冷還是怒氣。真希望自己剛剛下手狠一點。

在通往宿舍彎道旁的小徑上，有個人朝我走來。那是一條從「老倫敦區」延伸出來的小巷，兩邊的房舍像是隨時要傾頹崩塌，腳下的鵝卵石則像浮滿磚塊的海面發出撞擊聲，而在那之上，一個高瘦的人影朝我走來。那一定是拉斯柏瑞先生，只有他能蔑視一切跌倒的可能，走在這條石子路上。

我不知道這兩側的房舍都住了誰，大概都是一些細瘦脆弱的老太太。我沒辦法退入任何一間房子裡，雖然附近滿是磚角、突出物和彎道，但也不足以隱蔽我的身影。在這條石子通道上，拉斯柏瑞先生像艘高桅快帆船朝著我搖擺前進，而我則穿著又濕又發出咂咂聲的球鞋，還盼望著可以從他身邊偷溜過去。

「請等一下，佛瑞斯特，麻煩你。」拉斯柏瑞先生的聲音很低沉，帶著英國腔，喉結完全隨著話語起伏振動。「你剛剛待的地方下了場暴雨嗎？」

「沒有，先生。我很抱歉，先生，我掉進河裡了。」我直覺地為這場讓我遇上麻煩的意外致歉。

「是否能告訴我，你是如何掉進去的？原因又是什麼？」

「我滑倒了。」

「原來如此。」他沉默了一下，然後繼續說：「自從去年開始，你就已經以各種方式掉進河裡了。據我所了解，今年暑假，我的宿舍中曾進行過一些賭博活動，而你也住在那裡。」他負責管理宿舍，而我現在才了解，前些日子我們之所以能不被審判地胡鬧，就是因為他不在。

「賭博？什麼樣的賭博？」

「撲克牌、骰子，」他不耐地甩了甩修長的雙手，「我沒有調查，那不重要。但以後不會再出現了。」

「我不知道是誰幹了那些好事。」我的腦中浮現了那些夜晚，除了二十一點和撲克牌外，我們還玩菲尼斯發明的各種遊戲，規則完全無法預測；在雷普的套房後方，我們用毯子蓋住檯燈，於是在周遭環伺的黑暗中，光線密集地射在一個小圓圈中；菲尼斯連自己發明的遊戲都會輸，只好拿那些應該會讓他獲勝的玩意兒來賭，或拿那些理應為他帶來光榮成功的玩意兒來賭，只可惜撲克牌老是背叛他。到了最後，菲尼斯甚至把冰箱那玩意兒都輸給了我。

我之所以想到冰箱，是因為拉斯柏瑞先生正在說：「我正在重新整頓宿舍，所以跟你說，最好把那台會漏水的冰箱丟掉。那種東西根本不該出現在宿舍裡，根本不應該。我注意到了，夏天的時候一切全都回到了原點，你們這些明白規矩的學長甚至不願意動動指頭，幫忙普丹姆先生維持秩序。身為一位暑期的代理教官，他本來就不可能立刻了解所有狀況，而你們這些學長竟然佔他便宜。」

我穿著濕球鞋站在那裡不停地發抖。真希望我好好佔過了便宜，真希望我及時抓住並掌握了那個夏天佔便宜的好時機，並從中獲取各種好處；真希望我這麼做了。

我什麼都沒說，臉上表情蒼涼，彷彿一位被告，明明各種證據都對他有利，但也知道動搖不了法官的判決。那是專屬於男校學生的表情；拉斯柏瑞先生看多了。

「有一通長途電話找你，」他繼續說，語氣就如同法官不情願地告知被告應有的權利。「我已經把接線台號碼寫在便條上，就在我書房的電話旁邊。你可以直接進去打電話。」

「非常感謝你，先生。」

他繼續沿著巷子漫步，不再注意我，我開始思考家裡是不是有誰病了。

我走進他的書房——天花板很低、滿滿的書顯得空間很陰沉、黑皮椅、菸斗架、磨損的棕色毛毯，總之是一個學生被訓斥時才會進來的所在——然後發現便條上的接線台號碼不是來自我的老家，而是另一個幾乎讓我心跳停止的號碼。

我打了過去，驚異地聽著接線生一如往常地進行操作，彷彿這只是一通平凡的長途電話。然後她的聲音離線，取而代之的便是菲尼斯。他的聲音彷彿塞滿整條線路。「新學年開學愉快！」

「謝啦，多謝，真是……你聽起來……我很高興聽到你……」

「不要結巴，這通電話可是我付錢。你和誰住同一個房間？」

「沒人。他們沒有安排別人和我一起住。」

「把床位留給我！戴文真是個善良的老傢伙。不過總之，你也不會讓他們把其他人放進我們房間，是吧？」完全友善，情感簡單直接，我在他的聲音裡只聽到這些。

「沒錯，當然。」

「我就知道你會這麼做。室友就是室友，就算偶爾吵架也還是室友。老天，你之前來這裡的時候簡直是瘋了。」

「我想也是。我想我一定是瘋了。」

「完全失控了。我想確定你現在已經好了，所以才打電話來。我想，要是你真的讓別人住進我們房間，那你就是真的瘋了。但你沒有，我就知道你不會這麼做。嗯，我確實有過一絲懷疑，因為你在這裡說過的話實在太瘋狂了。我承認我有那麼一秒鐘真的相信了。我很抱歉，基恩，當然是我錯了。畢竟你沒有讓任何人住進我們房間。」

「沒有，我沒有。」

「我真該死，竟然懷疑你會這麼做。我知道你不會，真的。」

「是的，我不會。」

「然後我還把錢花在這通長途電話上！完全是浪費。唉，反正也是花在你身上了，不如說說話吧，夥伴。最好說些厲害的事，從體育活動開始吧。你出門是去做什麼？」

「划船。嗯，說是划船也不太對。應該說管理船員。管理船員的助理。」

「管理『船員』的助理！」

「我想我沒得到那份工作……」

「『管理』船員的助理！」

「我今天下午打了一場架……」

「管理船員的助理！」菲尼斯的聲音震驚到無人能超越的地步。「你瘋啦！」

「聽著，菲尼斯，我不在意能不能在校園中當個大人物之類的。」

「什麼？」就連在拉斯柏瑞先生的書房中，我都可以看到菲尼斯的臉，而且影像比眼前的一切還要清晰。那張臉一邊冷笑，一邊顯得有點著魔。「我哪有說過什麼想當大人物的話？」

「那不然，你是在生什麼氣？」

「你想要管理船員做什麼？你要管理什麼？那和體育活動有什麼關係？」

毫無關係。然而這正是我這麼做的原因，也是這個決定的美好之處。我不想再和任何運動扯上關係。運動從此和我無緣，就像史坦波醫生告訴過我的，對菲尼斯來說，「運動是不可能了。」我不相信運動中的自己，也不相信當中的其他人。對我來說，這就像足球選手會真的致力於撞死對方，拳擊手會互毆至死，就連網球都能幻化成子彈。在一九四二年，這些想法並不完全瘋狂，當時就連從樹上跳下來都能代表拋棄魚雷艦而逃亡。而且從樹上跳下來之後，我們還得轉移陣地到學校游泳池，繼續棄艦演練的第二階段：一旦觸水後，你得用雙手打出巨大的水花，好將浮在水面的燃燒汽油撥散開來。

所以我對菲尼斯說：「我太忙了，沒時間運動。」他開始斷斷續續地呻吟抱怨。我本來以為事情就這樣了，但到了最後他卻說：「聽著，夥伴，要是我不能再運動了，你必須代替我做下去。」就在那一刻，一部分的我被他取走了。我感到一份極致的自由。這大概從一開始就是我的目標：成為菲尼斯的一部分。

7

接近傍晚時，布林克・黑德利來看我。我已經沖了個澡，好洗掉身上來自納瓜薩特河的黏膩鹹水。如果是跳進戴文河，你就像洗了一次乾淨的澡，之後不需要清理，但納瓜薩特河完全不是這麼回事。我從未跳進納瓜薩特河，結果在冬季班的開學日，我竟然在一場打鬥中被丟了進去，大概也算是一次合適的洗禮。

我把身上所有和水有關的痕跡都洗掉，然後套上一條巧克力色的寬褲，那是菲尼斯自己不穿時最愛批評的一件，另外還套上一件藍色法蘭絨襯衫。接著，在五點的法文課開始前，我無事可做，所以開始思考運動的問題。

不過布林克又走進來了。他似乎早已強調自己會在開學日拜訪附近所有房間。「那麼，基恩，」布林克燦爛的臉龐出現在門邊，他就像我們這間預備學校的標準展示品，不但身穿灰色華達呢套裝，就連外套上的方形口袋看來也是手縫的，他還打了一條保守風的領帶，腳上穿一雙深棕色的科爾多瓦皮鞋。此外，他臉上的線條都是直的：睫毛、嘴巴、鼻子、一切。就連他一百八的身高也直挺挺的。他看起來像是個很有運動細胞的人，但其實不是，所以總是忙於各種學生政治角力、各式活動，不然就是建立或參與辦公室活動。他這個人沒什麼特色，除非你從他背後看，比如我在他轉身關門時就看到了。因為看到他的達華呢外套在他健康的臀部處輕微分開，我才終於不帶任何嘲諷意味地回想起布林克最突出的個人特質：那顆健康、充滿決心、絕不過度搶風頭但仍非常結實的屁股。

「你在這兒呀，在享受孤獨的時刻，」他親暱地說，「我看得出來，你在這裡很有影響力，一個人就住這麼大的房間。我真想知道如何像你一樣會管事。」他自信地咧嘴一笑，身體陷入我的小床裡，手肘輕鬆自在地撐著身體。

這看起來不太對勁，班上的熱門人物布林克竟然來恭喜我，還說我具有影響力？我本來想說，雖然你有室友，但那人是膽小如鼠的布朗尼·派金斯，他根本不敢讓你有絲毫不舒服，更何況你們有兩個房間，其中一個房內還有壁爐。但我也沒有怨恨布林克，儘管他在冬季班汲汲營營，我還是喜歡他；幾乎所有人都喜歡他。

但我在繼續說話前停頓了一下，他便又開始輕快地講個不停。只要有辦法，他絕不允許對話中出現任何無趣的時刻。

「我敢打賭，你一直都知道菲尼斯今年秋天不會回來，所以才挑了他當室友，對嗎？」

「什麼？」我在椅子中快速轉身，從面向書桌改為面向他。「不是，當然不是。我怎麼可能事先知道？」

布林克快速地瞄了我一眼。「你都準備好了，」他拉開一個大大的微笑。「你一直都知道。我敢打賭，一切都是你幹的。」

「別發瘋了，布林克，」我轉身再次面向書桌，開始毫無重點地快速移動書本，「簡直是胡說八道。」我的聲音聽起來過於緊繃，耳朵中滿是隆隆的心跳聲。

「啊哈，真相總是很傷人，嗯？」

我用最銳利的眼神瞪他。他那姿態已經算是指控了。

「當然，」我乾笑了一聲，「當然。」接著這些話自己從我口中跑了出來，「但真相總會水落石出。」

他將一隻手沉重地搭在我肩膀上。「無須擔心，孩子。在我們這個自由民主的國家，即便艱難，真相也總是會水落石出。」

我起身。「我想抽根菸，你呢？我們去『菸屁股房』吧。」

「是啦、是啦，和你一起去地窨吧。」

「菸屁股房」是個類似地窨的地方，位於宿舍的地下室，如果以人體比喻便是「大腸所在處」。那裡已經有大約十人在抽菸。在戴文這裡，每個人都有一些做給人看的樣子：在教室裡，我們就算看起來不像學者，至少也戰戰兢兢；在運動場上，我們看起來單純外向；然而在菸屁股房，我們看起來就和罪犯沒兩樣。根據學校政策，為了遏阻抽菸風氣，這類房間必須愈陰沉愈好。於是靠近天花板的窗戶又小又髒，老舊的皮革傢俱早已綻露出填塞物，桌子缺角，牆則是灰黑色，地板只是一整片水泥。一架連線錯誤的收音機發出斷斷續續的噪音，但突然之間又會安靜下來，彷彿在暗示什麼。

「你們的犯人來了，各位先生，」布林克宣布，抓著我的頸子往前推進菸屁股房，「我把他交給你們，畢竟你們才是適合的主管機關呀。」

想在菸屁股房的煙霧中掀起眾人的興致可不容易。此時收音機剛好爆出巨大聲響，一個臃腫的人站在旁邊，過了一會兒才打起精神，「罪名是什麼？」

「為了獨佔一個房間解決了室友。最背信忘義的行為。」他特意暫停了一下，「根本就是骨肉相殘呀！」

我脖子一歪，把他的手甩開，咬牙切齒地說：「布林克……」

他誇張地舉起一隻手。「別說話。別發聲。你在法庭上會得到公正的審判。」

「該死！閉嘴！我敢跟老天發誓，你這笑話開得太過分了。」

錯誤的舉動；收音機此時突然安靜下來，我的聲音突兀又響亮，嚴厲地讓所有人都僵住不動。

「怎麼樣，你害死了他？是吧？」一個男孩故作緊張地從沙發上爬起來。

「唉，」布林克一副合格法官的模樣，「沒有真的害死。菲尼斯還在家，正懸於生死之間，就在他憂傷不已的老母懷裡。」

我必須參與其中，不然情況或許會完全失控。「我幾乎什麼都沒做呀，」我故作輕鬆地加入，「我……我只是加了一點……加了一點砒霜在他的早餐咖啡裡。」

「騙子！」布林克對我大吼。「想要靠假的自白狡猾脫身，嗯？」

我大笑，一度笑得完全失控。

「我們知道犯罪現場的狀況，」布林克繼續說，「就在那高高的……在河邊的葬禮樹上。那裡才沒有毒藥，沒有那麼精巧的東西。」

「噢，你知道那棵樹，」我試圖讓自己臉色一沉，假裝充滿罪惡感，但感覺起來仍像真的被揭穿。「嗯，確實，當時在樹上，是發生了些『尷尬的意外』。」

尷尬的意外。這個詞我是用法文說的，卻沒有人的注意力被我好笑的發音給引開。

「把一切告訴我們。」一個站在桌邊的男孩聲音粗啞地說，語調中有一股不安的情緒，一種真心共謀的音色，彷彿他相信我們此刻說的一切。他的態度幾乎有些猥褻，彷彿發現你有一個和性愛有關的祕密，但他保證絕對不說，只要你把一切細節都告訴他。

「這個嘛，」我的聲音變得比較強勢，「首先，我偷光了他所有錢，然後我發現他在戴文的入學考試作弊，所以寄了黑函告訴他父母，然後我又在拉斯柏瑞先生的書房和他妹妹做愛，然後……」一切進行得很順利，房內所有人開始微笑，即便是疑似「真心」相信這笑話的年輕男孩也是，這實在是不該在戴文犯的錯誤，「然後我……」但一切已經起了頭，我只好繼續下去，「把他從樹上推了下去，」這不可能的連鎖反應還在繼續，「然後我……」再說幾個字，我在這地窖的噩夢或許就會結束了。

但我感覺自己的喉嚨緊縮；我說不出口，永遠都說不出口。

我用力轉向那位年輕男孩。「然後我做了什麼？」我質問，「我敢打賭，你心裡一定有很多理論，來呀，重建犯罪現場啊。我們在樹上，然後發生了什麼事？你這個福爾摩斯？」

他用充滿罪惡感的眼神來回觀察我，「然後你就把他推了下去，我猜。」

「這個猜想真爛，」我毫不客氣地說，彷彿對這遊戲失去了興趣，一屁股坐到椅子上。「你輸了。你畢竟只夠格當華生醫生。」

他們因為我的話笑了一下，年輕男孩更加不安地蠕動起來。他在菸屁股房本來就沒什麼立足之地，我更是成功地把他推入了火坑。他被擊敗了，眼神向我閃出火光，但我很驚訝，我不過是開了個小玩笑，就如此直接地引起了他的恨意。然而為了脫身，我願意付出這樣的代價。

「法文、法文，」我大聲地說，「這『尷尬的意外』已經討論夠了。我得去讀法文了。」然後我走了出去。

在走上樓梯時，我聽到菸屁股房裡頭有人說：「真好笑，他大老遠走下來，結果一根菸也沒抽。」

雖然我留下了線索，但他們很快也就忘了。我沒在他們之中發現福爾摩斯等級的人物，連個華生也沒有。沒人想要繼續追蹤我，沒人窺探，也沒人做出任何指控。隨著秋日陽光愈縮愈短，每天需要進行的活動列表卻愈來愈長，到了十月中，無論是夏天、開學日、還是昨天，都逐漸消退且被人遺忘，因為明天是如此張揚，我們還有太多事要做。

除了上課、體育活動和社團，眼下還有戰爭。然而正如同布林克．黑德利那首〈寫過最短的詩〉：

戰爭
煩悶

但我們想做的比這更多。首先是當地蘋果出了狀況，因為收穫的農人全都去打仗或上了戰地工廠，所以蘋果出現腐爛危機。我們於是在燦爛的陽光中花了好幾天採蘋果，還因此得到了現金薪資。布林克受此啟發，於是寫了他的〈蘋果頌〉：

我們勤奮
才能穩定
這場戰爭

這次幹活的新鮮感與薪資都讓我們興奮不已。因為我們發現戴文的生活仍然非常接近和平的日子；如同布林克所說，戰爭不過是煩悶的東西，對我們的影響不過是待在果園一天，奮力撿撿果子。

不久之後就下雪了，即便是新罕布夏，這雪也算下得很早。雪在一天傍晚時戲劇性地降下；當時我在書桌前抬頭往外看，大片雪花突然落下，旋轉落在四方中庭，最後停留在走道邊緣那片修剪仔細的灌木叢上。三棵榆樹上還有葉子，草地也還是一片綠色。隨著時間一分一秒過去，雪積得愈來愈厚，彷彿沉默的入侵者輕柔來襲。我盯著雪花旋轉飄過窗前，不，我不該太認真看待，儘管這雪花落下的調皮姿態彷彿暗示了什麼。這小小的雪花，這無害的小把戲。

一切是如此真實，整座校園都在當天晚上厚厚地蓋滿雪花，但到了第二天早上，天光明亮，幾乎可說是氣候溫和，所有雪花都消失了。不過週末又開始下雪，兩天後下得更大，等到了那個禮拜的尾聲，所有地面都已被冬雪壓制在底下了。

戰爭一開始幾乎是幽默的，先是送來女僕被遣走的宣言，再來是摘蘋果的日子，接著便以同樣的方式日日入侵。就連提早落下的冬雪也像是戰爭的先遣部隊。

雷普．雷普利爾並沒有意識到這件事。事實上也沒人意識到這件事。不過我還是很驚訝雷普竟然沒發現，畢竟他總是被戴文生活中的種種改變嚇到，而且每次都是嚇一大跳。

大雪癱瘓了波士頓通往緬因線上的一個火車站，就位於我們南部的一座大城中。於是在雪下得最大的隔天，依循那年秋天學校制定的「緊急人力政策」，我們有兩百位志願者聚在教堂準備出發，打算花一整天去車站鏟雪。同樣的，這次也有薪資，所以我們全都自願幫忙：布林克、我、查特．道格拉斯，就連奎肯布詩都來了。

但雷普沒來。他每次做禮拜時都會在筆記本後面畫一些花花草草，所以可能沒聽到講台上宣布這件事。預定帶我們去鏟雪的火車一直到午餐後才抵達。就在前往車站的路上時，我穿過一條位於草原且離河不遠的捷徑，遇到了雷普。我幾乎整個秋天都沒遇見他，現在更是連他的人也認不出來了。他獨自站在一個小山脊上，遠看時，彷彿一個成長季節過後被留下的稻草人，然後我踏雪靠近，終於逐漸辨認出他身上的衣物：一頂灰綠色的獵鹿人帽、棕色耳罩、灰色厚圍巾，最後才在一堆衣物中認出他的臉，是雷普。他粉紅色的臉皺成一團，好奇地透過鋼邊眼鏡望向遠方樹林。我走得愈來愈近，發現他身上穿著淺棕色的帆布長大衣，上面有個鬆垮垮的大口袋，底下則穿著紅黑交錯的格子花呢羊毛短褲，再底下是綠色綁腿，最底下的雙腳則套著滑雪板。那雙滑雪板很長，材質是老舊的木頭，尖端還有兩個老式圓球。

「你覺得，在那樹林間有沒有一條路？」我愈靠愈近，他則用遲疑微弱的聲音問我。即便我跟他幾個月沒見面了（我不介意他在此刻將我視為理所當然的存在），即便我們是在一片覆滿白雪的開闊荒野偶然相遇，他的表現讓我知道：他仍是一個堅持維持自我思緒的人。

「我不確定，雷普，不過我猜，在斜坡底下有條路吧。」

「噢，是呀，我也這麼想。」在他面前，我們總是叫他雷普；他對其他名字沒有反應。

我沒辦法停止看他，他臉上有種打算挑戰雜耍戲的表情。「你到底，」我最後還是問了，「嗯，你到底要做什麼？」

「我打算漫遊。」

「漫遊。」我檢視著他手上握的細長竹杖。「漫遊？什麼意思？」

「漫遊。那是一種在鄉間進行冬季巡禮的方式。滑雪式漫遊，是在雪中長途移動的方式。」

「你要去哪裡？」

「這個嘛，我沒有要去哪裡。」他彎腰，把綁腿上的帶子綁緊。「我只是要到處漫遊。」

「河對面有個地方可以滑雪。他們從火車站拉了一條繩索到那邊的陡坡上。你可以去那裡。」

「不，我才不要。」他又來回看了看樹林，不過眼鏡因為口中呼氣起了霧。「那不算滑雪。」

「為什麼？那當然算滑雪。雖然短，但那是一段很好的滑道。你在那座小山上可以滑得很快。」

「是啦，但也僅止於此，所以根本稱不上滑雪。滑雪本來就不該求快。滑雪應該是一種有用的運動。」他看向我，眼神充滿詢問。「要是滑那種下坡路，會摔斷腿。」

「那種小山坡才不會害人斷腿。」

「這個嘛，反正都一樣。概念上就不對。這個國家的人根本在毀滅滑雪這項運動，又是拉繩、又是纜車、那些東西。你被運上去，然後咻一聲滑下來，根本看不到樹或者其他東西。噢，你可以看到很多樹呼嘯而去，但沒辦法真正看到那些樹，一棵也不行。我就只喜歡慢慢滑，獨自享受途中的風景。」他的思緒到了尾聲，終於逐漸注意到我，還有我身上層層的厚衣服。「那你又要去做什麼？」他溫和地問，充滿好奇。

「去鐵路那邊工作。」他還是溫和又好奇地看著我。「替軌道鏟雪。他們今天早上在教堂裡談的差事，你記得吧。」

「總之，祝你一切順利。」他說。

「謝謝。你也是。」

「希望，要是找到水獺壩就好了，那是我的目標。之前戴文河上游有，雖然有點遠，但就在一條匯入戴文河的小溪裡。看水獺在冬天適應天氣的方式很有趣，你看過嗎？」

「沒有，從來沒看過。」

「嗯，你或許會想來看看，當然也要我先找到。」

「找到的話，告訴我。」

和雷普相處是一場奮戰，尤其當你只有十七歲，又處於一個緊繃且充滿競爭力的學校內，想要克制自己不取笑他還真是一場奮戰。然而隨著對他認識愈深，這場奮戰我贏得愈容易。

他用手上的長竹杖撐著地，用力把自己往前推，然後緩慢地往斜坡下滑，離我愈來愈遠。他的身體挺得筆直，雙腳套的滑雪板撐得很開，希望避免一切可能阻礙他平衡的威脅；他雙手握的竹杖也往外撐得很開，彷彿想要逼退所有干擾。

我轉身後在雪中大踏步離開，打算去把新英格蘭從雪中挖出來，就為了戰爭。

我們在火車站過了奇特的一天。那裡的雪在我們抵達時已經變成土色和煤灰色，而且非常濕重。我們被分成好幾隊，每隊各由一位鐵路工人帶領。布林克、查特和我想辦法分到了同一隊，但蘋果園那天的歡樂氣氛已經不見了。這個鎮上幾乎什麼都沒有，所以我們只能一邊看著車站旁的磚造磨坊和倉庫，一邊疲憊地穿梭在那些從全國各地前來後困在這片雪地的火車。指揮我們的老人稱這些火車為「機動車輛」，全都是死氣沉沉的載貨車。布林克開玩笑地問鐵路工人，我們現在是不是該改稱它們為「不動車輛」，但那位工人卻只是用不悅的惺忪睡眼看著他，沒有回答。那天什麼有趣的事都沒發生，工作困難又一成不變，就連我層層衣物下的身體也開始流汗。因此，等下午過了一半之後，我們都已經失去了身為志願者的光鮮外表，反而沾染上鐵路工人那死氣沉沉又疲憊的氣息，結果讓我們彷彿成為火車站、磨坊和倉庫的一部分。帶領我們的老人不知道是開始討厭我們，還是我們讓他緊張，又或者是他本來就病得像外表一樣嚴重，無論出於何種原因，總之他開始不停地抱怨、吐口水，不停地吼叫著改變指令，一邊還揉著他那大得不健康的肚腹。

氣氛在大約四點半時一度開朗起來。由於主要軌道已經清理乾淨，所以第一輛火車搖搖晃晃地出發了。我們親眼看著那輛火車朝向我們駛來，引擎往上吐出的一球球濃煙直直竄入早已陰沉的天空。

我們所有人都排在軌道兩邊，準備為引擎技工及乘客大聲歡呼。此時客車席窗戶打開，乘客出乎意料地全把頭伸出窗外。我看得出來他們全是男人，全是年紀相仿的年輕男人。原來這是一輛運兵車。

在車輪的敲打與撞擊聲中，我們跟著歡呼，而他們也大吼回應我們。兩邊的人見面時都嚇了一跳，因為他們的年紀並不比我們大很多，大概才剛入伍。相對於我們單調的衣物，火車上的他們散發出一種菁英氣息。他們似乎很開心，制服又好又新，整體看來乾乾淨淨，充滿活力；他們正要前去遠方。

等他們離開之後，我們這群工人越過剛清理乾淨的軌道空洞對望。我們就這樣看著彼此，連布林克都想不出什麼話好說，最後只能轉身離開。帶隊老人要我們回到軌道還沒被清理乾淨的地方，但那個下午已經沒什麼工作好做了。整個世界都在轉變，我們卻只是困在這個充滿磨坊的鎮上，和那些英雄比起來，我們不過是群在玩耍的孩子。

一切終於結束了。那天的開始本就灰暗，宣布結束時更是深刻的灰：天空、雪、臉龐、精神，全是灰的。我們擠上幾輛在一旁等待的老舊亮燈座車，癱坐進一點也不舒服的綠色座椅，車內一片沉默，直到好幾英里後才有人說話。

然而話匣子一旦打開，談的話題便全和戰爭有關：飛航訓練計畫、正在服役的兄長、入伍的條件、在戴文讀書多沒用、我們大概再也沒有戰爭故事可以告訴兒孫、戰爭到底會持續多久，還有：誰還會在這種時局學習死掉的語言。

趁著這段對話的空檔，奎肯布詩表示自己會在戴文讀到年底，不像一些羽翼未豐的學生可能急著想畢業。他語帶鼓勵地說個不停，一邊指出戴文的體能強化訓練有眾多好處，一邊強調他在和平時期的高中生活受過良好的基礎訓練。所以他會選擇一步一步扎實踏入軍隊。他還強調很多人跟他擁有一樣的想法，他不過是其中之一。

「你是其中之一？」一個人不屑地回應。

「你分明是唯一一個。」另一個人又說。

「那你說說要踏入哪個軍隊，奎肯布詩？墨索里尼的軍隊？」

「才不，他是酸菜佬⑬。」

「應該說是酸菜佬派來的間諜。」

「你今天破壞了幾條軌道呀，奎肯布詩？」

「珍珠港事變後，我還以為他們把奎肯布詩全家都拘留了呢。」

布林克又補充：「他們沒找到他。他把手電筒藏在另外一位家人的身體底下了。」

那天結束，我們全都累壞了。

我們從火車站走回學校，天色逐漸變暗，我們的身影也隨之拉長，映照在街邊覆蓋的雪堆上。

「你看看雷普利爾那傢伙，」我們看到雷普，布林克有點不滿地說，「他以為他在做什麼？扮演恐怖雪人嗎？」

「他只是去附近滑雪，」我很快地回答，不希望今天累積的情緒最後全被發洩在雷普身上。然後我們走到他身邊，「你找到壩了嗎，雷普？」

他緩慢轉頭看著我們，但雙手仍然繼續交錯用手杖往下撐地，速度不快但仍持續前進，彷彿一架自製的活塞引擎。「你知道嗎？我還真的找到了，」他大大的微笑沒有焦點，彷彿對象不是我，而是任何對他這番話有興趣的人，「而且真的很有趣。我拍了幾張照片，等照片洗出來，我再拿去給你看。」

⑬酸菜佬（Kraut）是一種帶有貶義的稱謂，意指德國人。

「什麼壩？」布林克問我。

「就是……在河上游的一個壩，他之前找到的。」我說。

「我不知道這條河上游有什麼壩。」

「嗯，但不是在戴文河，是在戴文河的其中一條……支流。」

「支流！匯入戴文河的支流？」

「你知道我的意思吧，就是一條小溪，之類的。」

他的眉毛皺在一起，彷彿覺得很神祕。「到底是什麼樣的壩？」

「嗯，」他故事沒辦法只說一半，「是個水獺壩。」

聽到這個消息，布林克的肩膀整個垂了下來。「整個世界在打仗，我竟然在這種鬼學校，還有一個學生去為水獺壩拍照！」

「水獺從來不現身。」雷普繼續說。

布林克用力轉身看著他，諷刺地說：「哇，真的不現身嗎？」

「真的。但我想是我接近的動作太笨拙了，所以牠可能聽到聲音，嚇跑了。」

「這樣呀。」布林克的語調誇張雀躍，表示他打算大大地嘲諷一番。「所以你就回來了！」

「對，」雷普小心地停頓了一下後才回答，「你們也回來了。」

「我們確實已經回來了，」我一邊說一邊拉著布林克繞過通往我們宿舍的轉角。

「再見啦，雷普。很高興你找到了。」

「噢，」他在我們身後提高音量，「你今天過得如何？工作還好嗎？」

「就像在傍晚悠遊的公鹿，」布林克吼回去。「像處於冬天的極樂世界，每分鐘都很歡樂。」然後他咬牙切齒地對我說：「這裡的傢伙，不是逃避兵役的酸菜佬，就是……就是……」他語調中的嘲諷力量足以讓每個字詞都成為詛咒，「就是自——然——愛——好——者！」他暴躁地拉住我的手臂。「我受不了了，我要入伍。明天就去。」

當他這麼說時，我感到一陣戰慄。對於這樣胡亂的一天，對於這樣一個混亂的戴文學年，這似乎是個合理的結尾高潮。我想我已經等待了很久，就等某人說出這句話，然後我便能親眼賞玩這個意志堅定的詞彙。

入伍。就這樣衝動地將通向過往的門甩上，就這樣將身上的衣服脫到幾乎一絲不掛，就這樣將原有的生活模式悉數破壞——那是我從出生就在編織的複雜花樣，當中有暗黑的絲線、有無法解釋的符號繡在充滿傳統精神的背景上（而背景正是無害的白與男學生制服上的藍），這些絲線如此糾纏，需要手藝靈巧之人的技藝才能使其流動——我渴望拿出那把來自軍隊的巨大剪子，喀嚓！瞬間將其毀滅，最後只剩下一捲捲卡其布料，於是能裁製出的衣物只剩平板的卡其樣式，上面的花樣還可能非常扭曲。

不是說這樣的生活有多好。戰爭當然會害死人。但我已經習慣尋找一些吸引我的致死元素；彷彿在我渴望、熱愛的事物中，總是暗藏一些致死元素。要是當中沒有，像是菲尼斯的例子，我便自己加一些進去。

然而在戰爭中，致死元素無疑存在著。就在那裡。

我在方形中庭和布林克分道揚鑣，他有一個社團在開會，所以還不能回宿舍——「我今晚必須主持金羊毛辯論社的會議，」他用一種誇張又不屑的態度說，「金羊毛辯論社！我們這些人真是瘋了，全瘋了。」然後便一邊抱怨一邊消失在黑暗裡。

那是一個適合沉思的夜晚。刺眼的單顆星子發出足以切穿黑暗的光線，但那不是一片星子，不是一團團叢聚的星子，也不是在南方可能看到的銀河，而是一顆顆冰冷又不浪漫的亮點如同刀刃般閃出。戴文這座學校被悶在輕巧入侵的白雪底下，完全無法翻身；只餘下北方的星子掌控此夜。這些星子沒有引發我對上帝的情懷，也沒有讓我聯想到站在桅杆前隨船航行的情懷，更沒有讓我想起家鄉那滿天星子曾造就的偉大情愛；在這些清冷的星點中，我只決定要好好面對我自己。

為什麼要大費周章地來受教育，然後眼看著戰爭一點點削去我所熱愛的和平？那屬於戴文夏日又美好隨性的和平根本無法被量化。其他人（像奎肯布詩那種人）能夠冷靜目睹戰爭逼近，並在最有優勢的最後時刻跳進去，彷彿掌握股市入場時機。但我不行。

唯一能阻止我這麼做的只有我自己。對於「我所虧欠戴文的一切」，我本來就有所保留，對於必須向父母負責的想法也是，於是我把這些想法都先放到一邊。然後在這星光一點也不浪漫的夜空下，我意識到自己根本不虧欠誰。我只虧欠我自己。我必須在生命中面對這項危機，而我選擇在此刻面對。

我起勁地跳上宿舍階梯。或許因為之前在黑暗中看到的點點銳利星光還殘留在我腦中，所以看到暖黃色的燈光從門縫中流瀉出來時，我才會這麼震驚。這是期待落空的標準案例：房裡燈光應該是暗的才對。然而那光線彷彿自己有了生命，並從門下如黃色刀刃般刺了出來，還照亮了走廊地面的灰塵和碎片。

我抓住門把，用力推開門，看見他正從書桌前的椅子上彎身調整那顯得有點累贅的腿。因為這個姿勢，我只能看到他那對眼熟的耳朵和棕色短髮。然後他抬頭看我，笑得有點挑釁，「嗨，夥伴，歡迎我的銅管樂隊呢？」

今天發生的一切都消退了，彷彿那場錯誤的早冬大雪。菲尼斯回來了。

8

「看得出來，我根本不該留你一個人在這裡，」我還沒從他回來的震驚中恢復過來，菲尼斯就已開口了，「你從哪裡搞來那些衣服！」他的眼睛明亮憤慨，先是掃過我頭上灰舊的帽子，又往下掃過早已磨損的毛衣和滿是污跡的長褲，最後又看向那雙不合腳的鬆垮鞋子。「你不用這麼努力宣傳，我們已經知道你是班上最不會打扮的人了。」

「我剛剛在工作才會這樣。這是為了工作穿的衣服。」

「在鍋爐室？」

「在軌道上。鏟雪。」

他在椅子上坐好，調侃地說：「鏟鐵軌上的雪。哎呀，那就合理了，我們每個學年的第一學期都會這麼做呢。」

我把毛衣脫掉，底下有一件我以前坐船出海時穿的雨衣，一種類似帆布袋的衣物。

菲尼斯無言地觀察我。「我喜歡這衣服的剪裁，」他最後終於喃喃地說。我把雨衣脫掉，又露出一件我哥哥給我的軍裝襯衫。「非常合乎主題，」菲尼斯咬牙切齒地說。那件脫掉後就剩下內衣了，上面滿是汗漬。他微笑看著，然後把自己拖離椅子，「這才對，你應該整天穿著這件，就只有這件。這件才能顯現真正的品味。相對於這件汗衫，你其他的衣服都是多此一舉。」

「聽到你喜歡，我還真開心呀。」

「沒什麼。」他語意模糊地回應，伸手去拿靠在書桌邊的拐杖。

我完全可以應付這個畫面，去年他踢足球時弄斷腳踝，所以也曾拄過拐杖。在戴文這地方，拐杖這東西就和墊肩一樣，都會讓人聯想到運動員。此外，我也沒看過任何一個殘障者的皮膚像他一樣光滑健康（那更突顯出他清澈的雙眼），我也沒看過有殘障的人能像他那樣使用手臂和肩膀（彷彿正在進行雙槓運動，而且只要他願意，還可以隨時翻個筋斗）。菲尼斯撐著拐杖走向他的小床，扯下床單，然後開始抱怨。「噢，老天，根本沒鋪好。沒女僕就得面對這些垃圾事。」

「是沒有女僕，」我說，「畢竟戰爭還在打。如果和那些快餓死的人、被轟炸的人，還有其他悲慘的人比較起來，這還不算太大的犧牲。」我這番無私的反應受時代影響，在一九四二年時非常妥當。畢竟這幾個月來，我和菲尼斯已經有點疏遠，所以無法認同他因為失去奢華享受而發出的抱怨，畢竟戰爭還在打。「畢竟，」我又重複了一次，「戰爭還在打。」

「有嗎？」他心不在焉地喃喃自語，但我毫不在意。每當他的思緒飄遠，他總是會這樣說話，不然就是問一些早有答案的問題，或者重複別人說過的話。

我找到一些床單，所以幫他鋪好了床。他對於別人的幫助並不抗拒，完全不像個努力想獨立的殘障人士。我把這件事放進我祈禱清單中，那天晚上是我好久以來首次祈禱，畢竟菲尼斯回來了，此刻似乎是再次開始祈禱的好時機。

熄燈之後出現了一陣刻意的沉默，菲尼斯知道我在祈禱，所以也維持了約三分鐘的沉默。然後他又再次開始講話。他在睡著前一定要講講話，而且似乎認為超過三分鐘的祈禱是在炫耀。在菲尼斯的宇宙中，上帝永遠有空，隨時都能傾耳聆聽。因此，只要有人無法在三分鐘內聯絡到上帝，比如有時候我會故意在他面前超過三分鐘，他就會覺得是那人不夠努力。

我逐漸進入夢鄉，但他還在說話，第二天早上，由於我們房間有扇窗戶開了一點縫，所以透進了冰冷空氣，他為此誇張又憤怒地大吼著把我叫醒，「沒有女僕就得面對這些垃圾事！」他已經坐起來了，彷彿隨時準備要從床上跳下來，活力充沛又清醒。原來我所嘲笑的是這樣一個憤怒的運動員呀——他不但有五個人的力氣，還會不停地抱怨服務不佳。他把自己的被單往後一丟，然後說：「把拐杖拿給我，好嗎？」

無論發生了什麼事，現在的我迎接每天的到來就像迎接新生，彷彿所有過往的失敗與錯誤都已被抹除，而未來的喜悅與人生不但擁有無限可能，還可以在夜幕降臨前完成。然而此時此刻，我在冬雪中陪伴拄著拐杖的菲尼斯時所了解的事卻大不一樣，我了解自己每天早上都得重複面對前晚就已出現的難題，雖然睡眠暫時中止了問題，但無法根除，在晨光與暮色之間，你什麼都無法改變。然而菲尼斯並不這麼想。我很確定，菲尼斯在每天早上起床後做的第一件事就是低頭檢查雙腳，想知道它們是否在睡眠中完全恢復了。雖然在回到戴文的第一個早上，他發現自己的雙腳仍然跛著，也還打著石膏，但還是用一如往常的自制語調說了，「把拐杖拿給我，好嗎？」

布林克住在附近，起床的氣勢總像一輛特快車。隨著他起床，一陣混亂的聲響透過牆壁傳了過來。首先是布林克從床上使勁起身，粗啞咳嗽，雙腳大聲地拍打地面，穿過冰冷空氣走向衣櫃拿衣服，接著又雷霆萬鈞地穿過走廊抵達浴室。不過今天他轉了個彎，闖進我們房間。

「準備加入了嗎？」他尚未進門就開始大吼。「你準備好入……菲尼斯！」

「你準備好入……什麼？」菲尼斯坐在床上追問。「是誰準備好要加入還是入什麼？」

「菲尼斯。託老天的福，你回來了！」

「是呀。」菲尼斯露出一個輕微但滿意的微笑。

「所以，」布林克扭曲著嘴唇小聲地對我說，「你的計策終究沒成功。」

「他說什麼？」我把拐杖塞到菲尼斯腋下，他問我。

「隨便說說而已，」我簡短地回答，「布林克平常總是亂講。」

「你很清楚我在講什麼。」

「不，我不知道。」

「噢，你知道。」

「你是在告訴我該知道什麼嗎？」

「沒錯，我就是。」

「他到底在說什麼？」菲尼斯說。

房間冷得嚇人。我站在菲尼斯面前顫抖不已，手上還握著正要就定位的拐杖。我無法轉身面對布林克，無法面對這個他就是無法放手的笑話，這個毀滅性的笑話。

「他想知道我是否願意和他一起加入軍隊，」我說，「就是入伍。」對於所有十七歲男孩而言，這是每個人在那一年終究得面對的問題。這讓布林克把指控從我身上轉移到所有人身上。

「沒錯。」布林克說。

「入伍！」菲尼斯立刻大叫起來。他大而清澈的眼睛轉過來看我，眼神古怪。我從未在他眼裡看過這種情緒。他仔細看了我一陣子，「你打算入伍？」

「這個嘛，我只是覺得……昨晚結束了火車站的工作後……」

「你覺得自己可能想要從軍？」他繼續說，小心移開自己的眼神。

布林克戲劇化地深吸了一口氣，但發現自己沒什麼話要說。我們三人都冷得發抖，就這樣站在新罕布夏的微弱晨光中；菲尼斯和我還穿著睡衣，布林克則穿著藍色法蘭絨浴袍和一雙破爛的莫卡辛鞋。「什麼時候入伍？」菲尼斯繼續問。

「噢，我不知道，」我說，「布林克昨晚才提起，就這樣而已。」

「我是說，」布林克的聲音罕見地防衛起來，很快看了菲尼斯一眼，「我是說今天就入伍。」

菲尼斯搖搖晃晃地走向衣櫃，拿起了他的肥皂盤。「我要第一個洗澡。」他說。

「你不能讓石膏濕掉，是吧？」布林克問。

「不能，我會把石膏留在浴簾外。」

「我來幫忙。」布林克說。

「不用，」菲尼斯甚至沒看他，「我可以應付。」

「怎麼可能應付得來？」他非常堅持。

「我可以應付。」菲尼斯臉色不變，又重複了一次。

我很難被說服，但在他不動聲色的表情底下，有件事明擺著令人難以誤認。雖然他的語調不變，但也無法讓我忽略那件事：菲尼斯對於我要離開的事感到震驚。就某種層面而言，他需要我，他真的需要我，但我是他所遇過最不值得信任的人呀。我很明白，他也明白，或者說他應該要明白。我甚至都告訴他了。我告訴他了呀。但出現在他表情和語氣中的冷漠防備卻如此明顯：他希望把我留在身邊。此時戰爭彷彿擦過我身邊又遠去，什麼入伍、逃亡和全新開始的夢想全都失去了意義。

「你當然可以自己洗澡，」我說，「但又有什麼差別呢？拜託。布林克……布林克總是有辦法第一個搶到浴室。入伍！多麼瘋狂的想法呀。布林克不過是想搶著第一個入伍罷了。除非你是麥克阿瑟將軍的長子，不然我才不會跟你一起入伍。」

布林克傲慢地轉過身來。「你以為我是誰呀！」但菲尼斯沒聽他說話。因為我說的話已經讓他爆出一個閃亮的微笑，整張臉也跟著亮了起來。「入伍！」我繼續賣力地講，「除非你是羅斯福總統，不然我才不會跟你一起入伍。」

「我算是他的親表弟，」布林克下巴抬得老高，「是他的遠親。」

「他不會跟你一起入伍，」菲尼斯猛然插嘴，「就算你是蔣介石夫人也不會。」

「這個嘛，」我意有所指地說，「他還真是蔣介石夫人。」

「太嚇人了，」菲尼斯驚叫，然後露出一臉驚嚇、惶恐又作嘔的模樣，「誰會想到呢！一個中國人，一個黃禍⑭，竟然就在戴文這裡。」

如果以戴文一九四三年畢業班的歷史來看，這大概是我們對話中唯一值得被記錄下來的部分。在花了四年為別人取暱稱、自己也好不容易躲掉一個之後，布林克・黑德利終究被安上了一個小名。「黃禍」黑德利如同流感般掃過整座校園，不過值得獎勵的

⑭黃禍（Yellow Peril）是在十九世紀末出現的稱呼，主要是以膚色為比喻描述美國的中國移民，這名詞的指涉後來也逐漸包括了日本人。

是，布林克對這個小名的反應還算溫和，只是有些時候，當有人無法避免地把暱稱簡化為「黃」而非「禍」的時候，他才會失控。

不過這件事我一週後就忘了，我無法忘記的是菲尼斯臉上的表情：當他第一天回學校卻發現我要拋棄他時，那個令人迷惑的表情。我不知道他為何選擇我，也不知道為何在我面前，他才能展現出因為肢體障礙而卑微的那一面。反正我也不在意。我曾對戴文平和的夏日如此讚許，不過對現在的我而言，戰爭已經不能侵蝕那片屬於我的和平，此外，儘管運動場還被緊壓在一英尺的厚重白雪下，河流也還在灰敗的樹林間凍成一條灰白的小路，對我而言，戴文的和平時光確實已經再次到來。

「戰爭」就如同海浪席捲岸邊，先是聚集能量與幅度向我們沖來，以急切又無法逃躲的力道震撼我們，但在最後一刻，我卻因菲尼斯的一席話而避開了；我就是躲開了，就這麼簡單。那道海浪匯聚的所有力量從我頭上越過，而我毫髮無傷。雖然其他人全被使勁甩上岸，但就是獨留我在那裡安穩踏水，一如往常。不過我沒有停下來想的是：一道海浪之後一定跟著另一道海浪，而當下一道海浪湧上時，那力道可能更大、更強。

「我喜歡冬天。」那天早上，在從教堂回來的路上，菲尼斯已經第四次向我保證了。

「好吧，可是冬天不喜歡你。」學校的許多小路都已經鋪上木板，好讓大家走得穩一點，但木板上還是結了一片片冰。只要拐杖一個落點不對，他就可能直接摔在結冰的木板上，不然就是結了一層冰的雪上。

就連戴文的室內也滿是陷阱。這間學校是在幾年前成立的，校舍大多由一個石油家族留下的遺產改建而來，由於本來的建物帶有一種專屬清教徒的雄偉風格，所以改建過程就像把凡爾賽宮硬是改造成主日學校。這種誇張嚴肅的風格和學校應有的多元風格背道而馳，就如校園內那兩條特質完全相反的河流。結果就是從外表看來，這些建築非常內斂，全都是直線條的紅磚和白色夾板，還有百葉窗如哨兵般守在每扇窗戶上；另外還有幾個令人意外的小球頂散布在屋頂上，不是為了美觀，只是為了符合人們的期待，彷彿讓建物戴上清教徒式的無邊女帽。

然而只要你通過了殖民風格的門廊（當中只有幾面扇形窗和低矮的浮雕圓柱暗示了過往的風華），便會迎面遇上瘋狂的龐巴度風格⑮：粉紅大理石牆和白色大理石地板被

---

⑮龐巴度夫人（Madame de Pompadour, 1721-1764），法王路易十五的情人，她熱中於新建築與裝置藝術，而她所喜愛的風格被稱為「龐巴度風格」，當中大量使用了粉紅色。

弓形和拱頂的天花板包圍；房間全是參照高級義大利文藝復興風格所建，另外還有個房間懸吊了一座尾端垂飾著顆顆閃亮水晶淚珠的吊燈；牆面上滿是嬌弱的法式窗戶，從窗戶則能俯瞰一座滿是小型大理石裝飾的義式花園；圖書館的一樓走普羅旺斯風，二樓則是洛可可風。此外，除了宿舍以外的所有地方都有大理石階梯，非常光滑，比外面那些結冰的步道還要命。

「冬天愛我，」他強調，但又不喜歡這個句子的怪異感，於是又補充說道，「我只是順著你『季節可以愛人』的話講而已。我真正的意思是，我喜歡冬天，而且當你真心喜愛某個事物，你的愛也會得到回報，無論以何種方式，總之都會得到回報。」我並不相信這種說法，根據我十七年來的生命經驗，這說法實在是錯得離譜，但這和菲尼斯的其他想法與信仰一樣：一定得是真的。所以我沒跟他爭論。

木板路走完了。他現在在我前面沿著一個斜坡往下走，我們打算去上第一堂課。他非常仔細挑選自己的落腳處，對於這樣一個之前只把地面當成起跑點、或在懸空世界到處跳躍的人，此刻的他真是仔細得令人驚訝。當時我沒有特別注意，但我現在想起了菲尼斯之前走路的方式。他在戴文中出現過各種你能描述的步態：有那種如同突然長高一英寸的男孩的笨拙拖沓步伐；還有那種牛仔般的搖擺跳步，彷彿正在思考自己的肩膀已經長得多寬了；另外還有緩步、蹣跚前進、輕快小步、彷彿班揚⑯的巨人跨步。不過無論是何種步伐，菲尼斯都能以絕妙的平衡感往前滑行，也能毫不費力地輕鬆移動。然而現在，他卻在冰面之間蹣跚搖晃。史坦波先生有一件事沒說錯，菲尼斯確實可以再次走路，但眼下的我卻意識到，他再也不能用以前的姿態走路了。

「你有課嗎？」他在我們抵達大樓的階梯前問我。

「有。」

「我也有。我們蹺課吧。」

「蹺課？我們要用什麼藉口？」

「就說我從教堂走過來時用力過度，昏倒了，」他裝出一副鬼魂的笑容看我，「你得照顧我。」

「你才剛回來第一天，菲尼斯。你不該蹺課。」

「我知道、我知道。我之後會好好努力，真的會好好努力。我會需要你的幫忙，但我一定會用盡全力。只是別從今天開始，別讓這成為我回來做的第一件事，別是現在，

⑯保羅．班揚（Paul Bunyan）是北美民間故事中的一位傳奇伐木工人，通常以巨人形象出現。

別在我連校園都還沒好好看過之前就要我學動詞連用型。我想看看這個地方。除了宿舍房間和教堂的室內，我什麼地方都還沒看過。我還不想面對教室，那還是室內，反正不要是現在。我不要。」

「那你想看什麼？」

他已經開始轉身，所以背對著我。「我們去體育館吧。」他簡短地說。

體育館在校園的另一側，至少距此四百公尺遠，中間還隔了一整片結冰的運動場。不過我們仍然出發了，什麼話都沒說。

等我們抵達時，汗水已像油一般從菲尼斯臉上流瀉而下，每當他停下腳步時，手臂和手掌都會無法克制地顫抖，被包在石膏內的腳則像船錨般拖在身後。看來他今早在房內表現出的精力不過是幻覺。之前在家時，他大概也是以同樣的幻覺欺騙家人，好讓他們送他回戴文。

我們在體育館前結冰的草坪上站著休息，因為他必須先準備好，才能以精力充沛的樣子走進去。這也成為他之後的習慣：我常看到他站在一棟建築前，假裝在思考、觀察天空或脫手套，但那些表演從來無法讓人信服。菲尼斯是個差勁的說謊者，他從未好好地練習過。

我們沿著一道大理石走廊走進體育館，令我驚訝的是，當我們經過「獎盃室」時，我看到他的名字被刻在一座獎盃、一片橫幅，還有一顆做過防腐措施的足球上。我本來很確定這就是他的目標，他想回味這些過往的榮耀，我甚至還為此準備了一些積極又令人振奮的名言想逗他開心。不過他卻想也不想地經過「獎盃室」，走下一道陡峭的大理石階梯，最後走進更衣室，我只能困惑地跟著他。更衣室角落有一堆髒毛巾，菲尼斯用拐杖把毛巾推開。「沒女僕，」他一邊微笑一邊小聲抱怨，「就得面對這些垃圾事。」

此時更衣室是空的，一排排呆板的綠色衣櫃被寬大的木板凳隔開，天花板上滿是管線。這在戴文中算是個單調無趣的房間，只有呆板的綠色、棕色和灰色。不過在遠遠的另一端有扇大理石拱門，雪白閃亮，人們可以從此處通向游泳池。

菲尼斯在木板凳上坐下，掙扎地脫下羊皮內裡的冬季外套，然後深深地吸了一口體育館內的空氣。和其他地方的更衣室比起來，戴文更衣室的空氣最刺鼻：最明顯的是汗味，但又混合了大量石蠟和橡膠燒焦的氣味，另外還有羊毛浸了清潔劑的味道，對於一些了解內情的人而言，這裡面還有疲倦、失望、勝利和身體彼此搏擊的氣味。然而我完全不覺得這氣味有何不妥。這明顯是身體使用到極限之後的氣味，這氣味對所有運動員都具有意義，對所有戀愛中的人也是。

菲尼斯低頭東看西看，他看著沙坑上方那根鎖在牆上的訓練桿、看著地板上一整套啞鈴、看著捲起來的摔角墊，還看著一雙被踢到櫃子底下的釘鞋。

「還是老樣子，是吧？」他轉身看我，一邊說一邊微微點頭。

過了一會兒，我才有辦法平靜地回應，「也不完全。」

他並沒有假裝不了解我的意思。過一會兒，他說：「你要變成大明星了，」語調非常振奮，接著又有點尷尬，「你現在可以去遞補他人離開的空缺，或者成就任何了不起的事。」他用力拍了我的背，「去那裡做幾十下引體向上吧。對了，你最後到底決定加入什麼體育活動？」

「什麼都沒有。」

「沒有嗎？」他眼神炙熱地盯著我，臉上帶著一絲怪笑，「還是管理船員的資深助理嗎？」

「不是。那個我已經放棄了。我最近只有去上體育課。那門課就是開給我們這些沒活動可參加的人。」

他痛苦地繞過木板凳。玩笑時間已經過去。他不悅地對我說：「搞什麼，」接著他的語調隨著字詞一起沉重墜落，「你到底在搞些什麼？」

「現在要加入什麼活動都太遲了，」因為聽到這個藉口，他所有的精力與怒氣全都湧上了臉和脖子，我看到後趕緊說：「反正戰爭還在打，不管什麼校隊都沒有巡迴比賽可參加。我也不知道啦，反正戰爭還在打，體育活動似乎也不是很重要。」

「你真心相信那些戰爭的鬼話嗎？」

「不是，當然不是……」我太執著於反駁他，結果連他的指控都還沒搞清楚，就先直覺地抵賴掉一半。此時我的眼神又回到他臉上。「戰爭的鬼話？」

「關於真正有戰爭在進行的鬼話。」

「我不太確定你在說什麼。」

「你真心相信，亞美利堅共和國正和納粹德國及天皇日本處於戰爭狀態嗎？」

「我真心相信……」我的聲音逐漸消失。

他起身，用健康的那隻腳支撐著身體，另外一隻腳則輕輕地靠在身體前方的地面休息。「別這麼好騙，」他冷淡自持地看著我，「根本沒有戰爭。」

「我知道你為什麼要這樣說，」我努力想跟上他的話題，「現在我懂了。你還受到一些藥物的影響。」

「不，你才是。所有人都是。」他稍微轉動身體，現在正面對著我。「整個戰爭故事正是如此，是一劑藥物。聽著，你有聽過『咆哮的二〇年代⑰』嗎？」我緩慢點頭，非常小心。「年輕人都在偷喝浴缸裡的琴酒，而且想幹什麼都幹了，不是嗎？」

「沒錯。」

「我告訴你，他們不喜歡那樣，那些牧師、老太太和所有權威人士都不喜歡。所以他們頒發了禁酒令，但年輕人喝得更兇，他們無計可施，只好搞出了經濟大蕭條，逼迫所有三〇年代的人安分守己。但這伎倆不能一直用下去，所以為了對付四〇年代的我們，他們就編出戰爭這檔事。」

「『他們』到底是誰？」

「那些不希望我們搶掉工作的胖老頭，全都是他們編出來的。舉例來說，食物根本就不短缺。他們只是把最好的牛排都送去自己的俱樂部。你沒注意到他們最近變得多胖嗎，嗯？」

他的語調是如此理所當然，有那麼一刻我真的就要相信了。接著我眼神往下移，落在他被石膏包起來的腿上，那條腿正指向我。於是那條腿再次把我帶出了菲尼斯總是控制我的世界。那條腿提醒了我那天早上醒來時的失望，並且逼我面對現實，所有事實。

「菲尼斯，這些話都很有意思，但我勸你別太常拿這些想法開玩笑。你可能會真的開始相信，到時候我就得為你在『杜鵑窩』留一個床位了。」

「就某方面來說，」他的眼神始終沒有在爭論中動搖閃避過，「現在整個世界都是個杜鵑窩，但只有那些知道實情的胖老頭可以在一旁偷笑。」

「還有你。」

「對，還有我。」

「你到底是哪裡特別？憑什麼就只有你明白，而我們全都被蒙在鼓裡？」

這段爭執突然擺脫了他的掌控。他的臉僵住了。「因為我受過苦。」他突然大聲說。

我們倆全都驚異地停止了這個話題。在一片沉默中，今早閃耀在我們之間的活力已然消失。他坐下，把漲紅的臉轉開，我坐在他身旁，一直坐到我緊繃的神經再也無法負荷，接著我起身，隨便走向眼前看到的事物。那是一根訓練單槓，我張開雙手，抓住橫槓，然後以菲尼斯一定覺得笨拙難看的方式引體向上。我想不出其他話可說，找不到適

⑰「咆哮的二〇年代」是第一次世界大戰結束後的美國文化復興，爵士樂為新興的代表藝術，文學、體育和少數族裔都在這段時間有驚人的成就與表現，但窮人及黑手黨問題也非常嚴重。

當的詞彙，也找不到合適的姿態，只好想到什麼做什麼。

「做三十下。」他語帶無聊地小聲說。

我以前連十下都沒做過。等到第十二下時，我發現他一直暗自在數算，因為他現在已經算出聲來了，雖然聲音心不在焉，幾乎聽不到。到了第十八下時，他的聲音明顯變大，等到了二十三下時，他聲音中的無聊感已經消失；他站了起來，每當即將喊出下一個數字時，語調中的迫切都在無形中遙控著舉起我的手臂，到最後他終於狂喜地喊出：「三十！」

剛剛那一刻已經過去了。在剛剛那一刻，我所面對的菲尼斯比他以往透露出的挖苦神色還嚇人。我們都沒再提起剛剛的事，但也從未忘記。

他坐下仔細檢視自己緊握的手。「我有告訴過你嗎，」他聲音嘶啞地說，「我本來是以參加奧運為目標？」在剛剛的事件之後，他一定得說些非常私密的心情，不然他絕對不會提起這件事。當然還有另一個方法，他可以開些玩笑，但那便是虛偽地否定了剛剛發生的事，而菲尼斯無法那麼做。

我還吊在單槓上，感覺槓子都已經陷入手裡。「不，你從未告訴我。」我對著吊在臉旁的手臂說。

「嗯，我之前確實是這麼想。不過現在，我無法確定，無法百分之百確定，你知道的，到了一九四四年時能準備好。所以我打算訓練你參加。」

「但是四四年時不會有奧運，那離現在只剩兩年了。戰爭……」

「把你的想像世界拋到一邊去吧。我會幫助你準備好，夥伴，就在一九四四年。」

雖然我一點也不相信他，也沒忘記世界上還有許多軍人被送到戰場上，但我還是順著他，一直以來都順著他，無論菲尼斯發明出什麼玩意兒都一樣。反正有個目標也不是壞事，即便最後只是一場空。

不過既然離火線這麼遠，我們又從未親眼見過戰爭，所以只能想像它的存在。我們對於戰爭的印象全來自兩種錯誤的媒體，其一是報紙和雜誌的照片、新聞畫面、海報；其二是由廣播聲音或新聞標題傳遞的二手訊息。我發現自己必須一直依靠這種想像，才能抵抗菲尼斯對於和平的渴望。

只是現在，當晚餐只能吃雞肝時，我腦中還是無法克制地浮現那幅畫面：羅斯福總統、我父親、菲尼斯的父親和其他幾位壯碩的老人坐在一起，他們在一個祕密社團隱蔽又精美的房間內，眼前放著大丁骨牛排；當我收到家裡來的信，說探訪親戚的行程因為石油配給量而取消時，我腦中也會立刻浮現父親安靜偷笑的臉龐，眼神意有所指；那些畫面總能輕易浮現，就如同我腦中隨時能浮現另一幅畫面：美國軍隊爬過一個名叫「瓜達爾運河」處的叢林——反正一切如同菲尼斯所說：「編造出來的地點不管是哪裡都沒差。」

此外，隨著時間一天天過去，我們在教堂中被剝奪了更多自由、還被要求做更多工作，理由全是為了戰爭。我們很想忽略學校是以戰爭為藉口逼迫我們，但實在不可能，畢竟他們本來就想逼迫我們，無論戰時或平時都一樣。

要是菲尼斯所言為真，這一切還真是個大笑話！

不過當然，我不相信他。我被保護得太好，不敢挑戰就讀男校最大的恐懼，也就是被排擠。除了幾個太容易被騙的傢伙，像是雷普，我和其他人都會抗拒任何可能害我們被排擠的想法，即便那可能性只有一丁點。所以當然，我不相信他。不過有一天，我們的牧師卡哈特先生談到躲在散兵坑的上帝，並為自己的講道內容感動不已，結束之後，我離開時想著：要是菲尼斯對戰爭的想法全是假的，那卡哈特先生說的話也一樣假到不行。但是當然，我還是不相信菲尼斯。

總之我實在忙得沒時間想這些。除了自己的課業之外，我還得分出時間幫菲尼斯惡補功課，另外還得分出時間讓他指導我運動。一個人的學習效果大多取決於教學環境，因此，讓菲尼斯和我都非常驚訝的結果是，我們兩人都在自己以往笨拙到不行的領域大有長進。

我們每天早上六點起床跑步。我穿一套健身汗衫，脖子上繞一條毛巾，菲尼斯則穿睡衣、滑雪靴和羊毛內襯的大衣。

在一個接近聖誕節假期的早晨，我的努力得到了回報。當時我正要照著菲尼斯規畫的路線開始跑步，那是一條環繞主任教官住處的橢圓路線，在那棟大而隨性、幾乎屬於殖民風格的白色建築旁，我必須跑上四圈。主任教官住處旁有棵老榆樹，菲尼斯就靠在樹幹上，一邊看著我跑步，一邊對我大吼。

那天早上的雪花一片粉白。閃亮的太陽剛從地平線升起，雖然在冰冷的空氣中還不清晰，但清澈的光線已經為所有事物蒙上了一層藍白色光芒。從北方斜射而來的光線彷佛照亮了空氣中所有懸浮微粒，讓光滑的藍天敷上一層粉。萬物還未甦醒，光禿彎曲的榆樹枝幹也平貼在靜好的天空上。當我跑步時，腳步聲在靜謐的清晨中發出非常短促的聲響，彷佛這片光亮的美景容不得任何聲響入侵。菲尼斯的身體靠在樹皮上，時不時地喊叫出聲，但那聲音同樣被這清晨吸收、打散。

那天早上的他不需要給我任何建議。在跑了兩圈後，我身上能量一如往常地一絲不剩，隨著我勉力前進，身體兩側的每個老位置也一如往常地出現深沉的疼痛；我的肺臟一如往常地受夠了，只能如同忍受酷刑般繼續勉強運作；膝蓋則彷彿再次沒了骨頭，隨時都能任由我的小腿骨往上刺入大腿；頭更是像一片片頭骨彼此摩擦擠壓般地痛苦。

接著沒有任何原因，我突然感覺好多了。在那一刻，我過往的身體彷彿只是懶惰，彷彿所有痛楚和疲憊只是想像，我不過是捏造了它們，好讓自己不用使盡全力。然而現在我的身體終於說了，「好吧，要是你非做不可，那就來吧！」接著一股力量注滿了全身。我一下子振作起來，每次訓練的自憐之情早已拋在腦後。我忘了自己，也忘了自己受壓迫的心靈和疼痛的肉體。所有糾纏的思緒都解開了，我的眼前一片清明。

跑了四圈之後，我在菲尼斯面前停下，彷彿只是把車停靠在他面前那般輕鬆。

「你連喘都不喘。」他說。

「我知道。」

「你找到節奏了，是吧，在第三圈的時候。就在那邊進入直線區域的時候。」

「對，就是在那兒。」

「你之前就是太懶了，是吧？」

「是呀，我猜也是。」

「你連自己都不了解。」

「就某方面而言，我猜想我是不了解。」

「這個嘛，」他把脖子上的羊皮領子攏起來，「現在你知道了。然後拜託你講話別像個住在喬治亞的牛仔——『我猜想我是不了解』！」除了這個小玩笑，他對我的態度仍然很疏離。那個早上的他似乎長大了些，但因為穿著大外套靠在樹幹上，他的身形看起來也小了點。或者也可能是因為我自己：儘管身體不變，我的內在卻似乎長大了。

我們慢慢走回宿舍。在通往宿舍內部的階梯上，我們遇到正要外出的拉斯柏瑞先生。

「我一直從窗戶看你們，」他的聲音一如往常的輕蔑，但多了一絲對我們的興趣。「你打算做什麼？佛瑞斯特，為了進入突擊隊而特訓嗎？」學校並沒有禁止此時運動，但也不希望大家這麼做；因此，就一般狀況而言，拉斯柏瑞先生應該會阻止我，但戰爭已經改變了他心中的標準，各種運動在此「時期」都算正常。

我咕噥著，含糊其詞，但菲尼斯卻清楚地回答了。

「他打算成為一位真正的運動員，」他一副實事求是的態度，「我們的目標是一九四四年的奧運。」

拉斯柏瑞先生從喉嚨深處笑了一聲，臉也脹成磚紅色，然後做出了專門針對我們的判決。「所有的運動比賽都還存在，」他說，「我不會拿那些有關愛頓學院運動場⑱的言論來煩你們，但現在，所有運動都必須以即將逼近的滑鐵盧之役為目標。時時記得這件事，好嗎？」

菲尼斯那張剛剛被我發現長大成熟的臉堅定地沉了下來。「不。」他說。

就我所知，從未有任何學生敢當著拉斯柏瑞先生的面直接說「不」，因此那讓他無法克制地慌亂起來，臉也再次脹成磚紅色。曾有一度我以為他就要逃走了，然而他還是說了一些話，說得很快、很破碎，所以我們兩個人根本聽不懂。接著他快速轉身，大步走過了方形中庭。

「他是真心的。他真心以為有一場戰爭在打，」菲尼斯驚嘆地說，「他怎麼會不知道呢？」他一邊思索，一邊把拉斯柏瑞先生從他那充滿肥老頭的畫面中刪掉，在此同時，我們看著他雖然包著冬衣卻還是很細瘦的遠去身影，菲尼斯突然靈光一閃。「噢，當然啦！」他大叫，「他太瘦啦，難怪。」

我站在那裡，為拉斯柏瑞先生致命的纖瘦體型感到遺憾，不過從另外一個角度來看，他確實也是個容易被騙的傢伙呀。

9

這是我第一次陷入菲尼斯的和平幻覺中，但絕不是最後一次。這幻覺有時維持幾小時，有時維持幾天，常常連我自己都沒有意識到已經深陷這自我構築的世界中。我倒不是真心相信二次大戰只是由一堆肥老頭操控的把戲（雖然這想法確實很吸引人），真正讓我深陷的是對快樂的追求。和平是如此完整的概念，它能阻止世間令人困惑的一切投影進我心間，所以我決定不再認真看待戰爭。

就連雷普．雷普利爾的入伍都無法動搖我，那只會讓戰爭看起來更為虛假，畢竟真正的戰爭不可能讓雷普自願離開他的蝸牛和水獺壩。他是入伍了，但那不過是他種種異

⑱愛頓學院是英國著名的貴族學校，當中培養出了許多英國政、經界甚至於軍界的重要人才。據說打敗拿破崙的威靈頓公爵就曾說：「滑鐵盧戰役是在愛頓學院的運動場打贏的。」

想天開的行為之一，就像那一次，他睡在緬因州的卡塔丁山，因為那是太陽普照美國的第一片領地。於是在那天早上，雷普．雷普利爾滿足了他投身自然的渴望，只因為在那天的美國，他比所有人事物都率先沐浴在陽光中。

事情是發生在一月初，當時我們全都結束了聖誕節假期返回學校。美國滑雪部隊的募兵人員在「文藝復興室」播放了一部影片。對於雷普而言，這部影片展現了我們所有人都想看到的畫面：戰爭友善又可辨識的面向。片中滑雪的人全身包著白衣，從處女峰的陡坡呼嘯而下，個個都如天使般沉靜，接著他們又寫實地依循人字形路徑爬坡向上，但過程仍然非常歡樂。他們臉上有日曬留下的條紋，眼睛清亮，牙齒潔白，胸口內吸飽的全是充滿活力的高山空氣。那是我看過最乾淨的戰爭畫面；空軍雖離步兵部隊必須面對的泥巴最遠，但和這些天使比起來，卻還是沾滿了軸輪油漬，而海軍更是可能染上壞血病。於是在這清涼潔白的戰爭畫面中，這些冬季的白衣戰士一塵不染地從潔白無瑕的山坡上呼嘯而下，還滑進了雷普那屬於佛蒙特人的心中。

「你怎麼能不愛這畫面！」他語調驚嘆地小聲對我說，「你怎麼能不愛！」

「你知道嗎，我覺得這應該是芬蘭的滑雪部隊，」菲尼斯在我的另一邊悄聲說，

「不知道他們什麼時候要開始射殺我們那些布爾什維克黨的盟軍，除非連他們之間的戰

爭⑲也是假的。我很確定根本就是假的。」

影片結束了，室內燈光再次打開，照亮了托斯卡尼壁畫和環繞我們的彩繪簷廊，雷普仍然一臉讚嘆地坐在摺疊椅上。他的話向來不多，因此，此刻從他嘴裡說出的幾個字就已經代表了他所經歷的人生轉捩點。

「你知道嗎？現在我懂了，我知道高速滑雪到底是怎麼回事了。當你必須趕時間，錯過路途上那些樹木或鄉間景致是對的，而人在戰爭中一定得趕時間，是吧？所以我想，高速滑雪也不算是毀了這項運動。這是為了做準備，如果你懂我在說什麼的話，是為了未來做準備。所有事物都必須進化，不然就會毀滅。」菲尼斯和我已經站起來了，他還坐在椅子上，真誠地輪流看著我們。「就以家蠅為例，要是沒發展出那些分秒必爭的反射能力，早就該絕種了。」

「你的意思是，家蠅進化是為了對付蒼蠅拍？」菲尼斯問。

「沒錯。滑雪這項運動也必須愈來愈快，不然就會被戰爭消滅。是的，沒錯。你知

⑲蘇聯和芬蘭曾在一九三九年末到一九四〇年初進行了冬季戰爭（蘇芬戰爭），芬蘭最後把百分之十的領土割讓給蘇聯，才正式結束了這場戰爭。

道嗎？我對這場戰爭的發生幾乎感到開心。這就像一場測試，不是嗎？只有朝著正確方向進化的人事物才能倖存。」

我聽雷普講話時通常心不在焉，不過這番理論卻引起我的注意。這理論可以如何應用在我身上呢？又可以如何應用在菲尼斯身上？

「我要加入滑雪部隊。」他繼續溫和地說，那沒有焦點的語氣又讓我開始心不在焉。那年冬天常有人嚷嚷著要入伍，但最後總會語帶模糊又目光閃爍地反悔。我已經聽多了。但只有雷普當真了。

一週之後他離開了。他再幾個禮拜就滿十八歲，到那時候就不能自願入伍，也不能選擇自己服務的部隊，只能抽籤決定，所以他很快便決定出發。那部有關滑雪的影片改變了他。「我一直都覺得，當戰爭需要我的時候，就會來找我，」他最後一天來向我們道別時這麼說。「我從沒想到我會主動參加。我真的很高興自己還來得及看到這部電影。幸好我看到了。」他於是成為戴文的第一批入伍士兵之一。當他以此身分走出我的房間大門時，白色雪帽的頂端圓球在他身後滾落地面。

對我們來說，要是首先入伍的是布林克會好很多，因為他一定會搞出一個盛大又戲劇性的離校場面，等他離開後，學生便可以連續騷動好幾週，還能不停地談論布林克最後所說的話、布林克的軍事擔當、布林克的責任感。所有人都會受到他離開後的空虛感所影響，並因此直接確認了戰爭每天都存在的事實。

但我們只有雷普的雪帽少了頂端圓球的故事，這可一點也不激勵人心。甚至有幾天，戰爭比以前更難以想像。我們沒有人談論這件事，也沒有人談論雷普，直到布林克終於想出一個有用的觀點。一天，當我們在「菸屁股房」時，他大聲念出一篇報導，內容是有人嘗試刺殺希特勒的謠言。他念完後放下報紙，彷彿看到什麼似地遙望遠方，然後宣稱：「那是雷普，一定是。」

這讓我們和第二次世界大戰重修舊好。突尼斯人的行動成為「雷普解放運動」；轟炸魯爾的行動更讓布林克既心痛又驚喜：「他竟然沒告訴我們他打算離開滑雪部隊」；沙恩霍斯特的魚雷行動也是：「他又出動了。」總之，在同盟國遍及全世界的勝利中，雷普都參了一腳。我們甚至討論雷普在史達林格勒的狀況、在滇緬公路的狀況、在大天使戰艦上的狀況；還推測「自由法國」的領袖危機⑳無法藉由戴高樂或吉羅的就任而解

⑳「自由法國」乃一九四〇年六月由夏爾．戴高樂在英國成立，是為了和向德國納粹投降的「維希法國政體」劃清界線，此舉受到英美等國支持，然而美國後來為了插足北非事務，暗中擁護吉羅將軍，戴高樂的領導地位因此受到威脅。此後兩人持續爭取領導權，一度造成自由法國政體的危機，但最後仍由戴高樂掌控了全局。

決，最後都還必須仰賴雷普；我們比報紙還清楚，這場戰爭中的主導者不只有三巨頭，而是四巨頭。

在這些關於「雷普榮耀」的笑話中間總是會出現一些沉默，此時我們總想著要是自己從軍，會不會連軍中的最低標準都達不到？我對於自己的了解畢竟少得可憐，只清楚自己有多麼無知。最重要的是，我之所以會在這些關於雷普的玩笑當中感到迷惑，是因為我真的無法確定：在我那連自己都不了解的隱蔽內心中，是否也藏著漫畫人物「冒失鬼」㉑、浪遊者或者懦夫。所以我們只能盡其所能地開雷普的玩笑，並暗自希望那沒用的雷普和我們說的一樣英勇。

每個人都參與創造了「雷普傳奇」，除了菲尼斯。他只有在一開始談到嘗試謀殺希特勒那件事時說了：「就算把上膛的槍放在雷普手裡，讓他指著希特勒的太陽穴，他也會失手。」但人群立刻發出一陣不滿的咆哮。接著我們開玩笑地建議，應該找一棟建築，再請布林克奉獻一顆拱心石，然後我們環繞拱心石建造一道恭賀雷普勝利的拱門。菲尼斯完全沒參與這話題，然而「菸屁股房」的話題只有這些，所以他很快就不再去了，而且還禁止我去：「你要是抽菸抽得跟森林大火一樣，怎麼可能成為運動員？」他逐漸要我遠離那些聚在「菸屁股房」的人們，不只遠離布林克、查特，甚至還有其他朋友。他只要我留在屬於我們兩人的世界中。這個世界沒有戰爭，而菲尼斯和我是僅有的居民，必須為了一九四四年的奧運努力訓練。

男校的週六下午總是糟透了，尤其是冬天，學生既沒有足球賽可參加，又不能像春天一樣騎腳踏車去鄰近的鄉間閒晃。就連最孜孜不倦的學生都無法在此時專心讀書，因為週日已近在眼前，而週日又是如此漫長、慵懶、安靜，讓人光是想到就不肯做功課。

這樣的週六到了冬末更是糟糕，因為白雪已經失去了新鮮的光彩，整間學校淪為充滿融雪的複雜容器。每天中午剛過時會有一段短暫的融雪時間，此時髒污的雪水悲愴地汩汩漫流並滲透入管線和排水溝，而雪層底下的髒灰積雪也逐漸融解，最後在表層裂開後露出底下結凍的泥巴。灌木叢失去了原本亮晶晶的雪帽，看起來光禿脆弱，營養不良，根本藏不住自己耗損的樣態。在這些日子裡，一旦要接近任何一棟建築，都得跨越一整片的污土與灰燼，而且髒污一直要到靠近建築的走廊時才會逐漸消滅。天空是一整

㉑《冒失鬼》（*Sad Sack*）是美國二次大戰期間出版的漫畫作品，其中主角在軍旅生涯中備受侮辱，並呈現了戰爭中荒謬的一面。

片空洞無望的灰，讓人感覺這是人生永遠的色調。冬季的佔領行動似乎被擊敗、被推翻，一切都被毀滅；但自然界也已經不存在任何反抗行為，所有汁液業已乾涸，枝葉的活力也被摧毀。冬季這又老朽又腐敗疲憊的佔領者，孤絕地鬆開自己對大地的掌握，它稍微撤退了，只是漫不經心地看待眼前的一切，似乎對原本的勝利感到厭煩，也因為缺乏挑戰而益發無力，所以開始自行從衰頹的鄉間撤走，只剩下活躍但髒污的雪水。於是在這樣的週六午後，髒污雪水的流動就像冬季敗退的悲鳴。

只有菲尼斯不在意這令人沮喪的景致。在他的人生哲學中，戰爭不存在，壞天氣也不存在。正如我之前所說的，各種天氣都能讓他開心。「你知道我們下週六該做些什麼嗎？」他聲音低沉且韻律平板地問道，每次他用這種聲音都會讓我聯想起高速公路上疾駛的勞斯萊斯。「我們最好來辦個冬季嘉年華。」

我們當時正坐在房間裡，位置就在一扇方形大窗的兩邊，窗戶中則框著一片毫無特色的灰暗天空。菲尼斯把他打了石膏的腿放上書桌休息（那片石膏現在輕薄多了），並用一把摺疊刀把圖像刻在石膏上。「什麼樣的冬季嘉年華？」我問。

「就是冬季嘉年華呀。戴文的冬季嘉年華。」

「戴文才沒有冬季嘉年華，以前從沒辦過。」

「現在有了。我們會在納瓜薩特河旁的那座公園舉辦，主題當然是體育活動，至於最吸引人的部分，我希望是跳台滑雪……」

「跳台滑雪！那座公園扁平得像片煎餅。」

「……還有一些彎道滑雪賽，我還想辦一場越野賽。另外，我們還得搞出一些雪雕、一些音樂，還有吃的東西。好了，你想負責哪個部分？」

我給了他一個蕭索的微笑，「雪雕好了。」

「我就知道。你一直隱藏了一些藝術天分，是吧？我會負責籌畫運動比賽，布林克可以處理音樂和食物，我們還需要一個人稍微美化一下場地，幾個聖誕花圈之類的東西。那得是個懂植物和灌木的傢伙。我知道雷普可以。」

我本來在看他刻在石膏上的星星，此刻快速地抬頭瞄了他一眼。「雷普不在了。」

「噢，對啦，他是走了。雷普終究得走的。總之，我們換個人就是了。」

這是菲尼斯的點子，所以只要說出口就一定能辦成，不過這畢竟沒有他之前的突發奇想來得容易，因為隨著時間一週週過去，我們宿舍中的人幾乎對任何事情都失去了興趣。就拿布林克來說吧，自從我不打算跟他一起入伍的那天早上開始，他就一直在找藉口不參加學校的活動。他並不是恨我反悔，事實上，他自己也很快就反悔了。既然不能入伍（雖然布林克非常自負，但要他獨自入伍卻是不可能的事），他至少可以削減自己身為平民的各種身分。所以他辭去了「金羊毛辯論社」的社長一職，不再為報紙撰寫有關「校園精神」的專欄，放棄「撒馬利亞協會」中「當地弱勢孩童分會」的主席職位，也不再以教會合唱團的男中音身分高歌，最後，在他這波不負責任的辭職行動中，最令人印象深刻的，就是結束了在「校長關愛預備基金會」中「學生諮詢委員會」的工作。此外，他那些代表良好出身的衣物都消失了，所以這些日子以來都只穿著卡其長褲，繫著一條軍用皮帶，大大的軍靴則在走路時不停晃動。

「誰會想參加冬季嘉年華？」當我向布林克提起這件事時，他用一種幻覺破滅的語氣回答。這是他最近發展出來的語氣。「我們該慶祝什麼？」

「冬天吧，我猜。」

「冬天！」他望向窗外，盯著虛空的天際和滲水的地面看。「老實說，我看不出有什麼值得慶祝的。冬天、春天，什麼都不值得。」

「這是菲尼斯第一次打算做些什麼，自從……自從他回來之後。」

「他確實消沉了一陣子，是吧？他不只是在考慮而已，對嗎？」

「不是，他這人不考慮的。」

「我想也是。好吧，如果照你所說，這真的是菲尼斯想做的事，那就做吧。不過這裡從沒辦過冬季嘉年華。我猜學校八成有規定禁止。」

「我明白了。」我說話的語調讓布林克不禁抬起頭來，他的眼神緊緊盯著我的眼神。那精明算計的眼神中再也沒有疑慮，就在此刻，原本總是代表權威下命令的布林克，終於成為這個「時期」的叛徒。

週六是戰場般的灰色。冬季嘉年華的設備已經被人花了整個早上抬離宿舍，運進位於納瓜薩特河邊那座小而畸零的公共公園。布林克負責監督運送的過程。他在階梯上上下下忙著發號施令，讓我聯想到正在分贓的海盜船長。其中有些他從低年級生那裡威脅得來的高濃度蘋果酒很珍貴，所以他看得特別緊，這些酒被埋在公園中央一個常綠小樹林附近，此外布林克還指派他的室友布朗尼．派金斯駐守在側，要他以性命守護。他是認真的，布朗尼也知道，所以只能連續幾小時獨自待在公園中間發抖，一下子想著要是闌尾炎發作怎麼辦，一下子以為自己緊張得快暈倒，一下子又以為自己想大便，直到我們抵達才冷靜下來。然後布朗尼溜回宿舍，累得完全無法享受嘉年華。然而這天不合校規的享受活動實在太多了，根本無人有餘力注意這件事。

埋蘋果酒的地點不知不覺成為嘉年華的中心，一旁則圍繞著許多大而邋遢的雪雕，因為雪很潮濕，這些雪雕很容易就塑起來了。而附近一整片雪景中出現了一個突兀之物，彷彿酒吧中的貴婦——原來，是一張圓形的課桌，那可是花了好大力氣才搬過來的，只因為菲尼斯堅持需要一個陳列獎品的地方。那裡的獎品包括菲尼斯之前幾個月都藏在宿舍地下室的冰箱，一部標滿激勵人心字彙的韋伯大學辭典，一組約克啞鈴，一本每個句子都有英譯的《伊利亞德》，布林克蒐集的當紅女星貝蒂．葛萊寶㉒照片組，鎮上美女海索．布魯斯特被迫剪下的一綹髮絲，一組手作繩梯（但只有住在宿舍三樓以上的人才有資格爭取），一張偽造的入伍證明，還有從「校長關愛預備基金會」拿出來的四點一三美元。布林克把這些錢放在桌上時的表情肅穆神聖，所以我們覺得最好別過問。

菲尼斯坐在桌子後面一張極度雕飾的黑色胡桃木椅子上。這椅子的兩側扶手末端各有一顆獅子頭，四隻椅腳各雕了一個抓著輪子的獅掌，現在都已陷進雪裡。他這張椅子是早上才買的。菲尼斯向來只在衝動並且有錢時購物，然而這兩個條件很少同時成立，所以他買的東西總是又少又怪。

查特．道格拉斯站在他身旁，手裡握著一支小號。菲尼斯之前不得不放棄邀請校園樂隊的計畫，因為一旦這麼做了，嘉年華的消息便會傳遍校園每個角落。更何況，查特怎麼樣也比那團噪音好。他是個身形修長的男孩，很瘦，一頭赤褐色髮絲捲捲的，還有幾撮捲在額頭上。他將自己的時間都奉獻在兩件事上：網球和小號。這兩件事他做起來輕鬆寫意，彷彿天生就擁有這些技能，害我以為自己只要隨便找個週末練習也能嫻熟其中一樣。表面上，他和我們大部分人都很像，個性內斂、隨和又體貼，所以無法成為班上真正的要角。畢竟如果想被稱為「有個性的人」，你得偶爾舉止粗魯，並且常常表現得非常尖酸刻薄。如果得不到這類「讚賞」，無論是誰，在戴文都成不了氣候，就連菲尼斯也無法例外。

布林克從獎品桌的左側跨越埋了蘋果酒的地穴。在他身後是那叢常綠樹木，更後面則是一片輕緩的斜坡，此時跳台滑雪負責人正帶領手下把雪鏟上去，好形成一個邊緣只比緩坡高上一英尺的小小跳台堆。從那裡開始排列了一座座雪雕，全是我們以「人物變形」所進行的藝術攻擊行動，其中包括校長、拉斯柏瑞先生、派屈威雀思先生、史坦波醫生、新來的營養師，還有美女海索·布魯斯特，這一整列雪雕蜿蜒形成一個半圓形，經過納瓜薩特河又是冰又是泥的河岸（河水一波波湧上時還發出類似風的呼嘯聲），最

㉒貝蒂·葛萊寶（Elizabeth Ruth "Betty" Grable, 1916-1973），美國三〇年代性感豔星，以一雙美腿聞名。

後結束在放獎品的桌子旁。

跳台滑雪準備好要開始了，但旁邊又磨蹭了一陣子。那裡站了二十個因為在冬天拘束久了而躁動不安的男孩，現在全像齒間咬了馬嚼子的賽馬，隨時準備狂奔而出。菲尼斯應該主持比賽的開場，但他太專心於把獎品分類，所以大家的眼神全集中到布林克身上。他在埋了蘋果酒的地穴上擺好姿勢，彷彿正無堅不摧地守護著直布羅陀海峽；他不停挑釁地望向身邊的人，最後發現，無論他再怎麼看，那些意有所指的眼神還是盯著他。

「好吧，好吧，」他粗聲粗氣地說，「我們開始吧。」

他身邊圍的那圈人靠得更近了一些。

「我們開始吧，」他大吼，「來吧，什麼先開始？」

菲尼斯總能分出一份心思記錄周遭發生的事，但他不會回應，因為總是有別的事要他處理。眼下的他似乎就深陷在那串需要處理的雜事中，而且陷得比剛剛還深。

「菲尼斯！」布林克大叫他的名字，咬牙切齒地叫道，「接下來要做什麼？」

一樣，那顆頂著光滑棕髮的頭還是低著，沉浸在自己的心思中。

「急什麼呢？布林克。」愈來愈靠近的人群中有人說了，那聲調輕柔地近乎危險。

「不必那麼急吧？」

「我們不能整天站在這裡，」他大聲說，「如果我們想讓這該死的嘉年華開幕，現在就得開始了。接下來要做什麼？菲尼斯！」

終於，菲尼斯記錄周遭事物的容量似乎達到上限。他稍微抬起眼睛，仔細檢視布林克困獸之鬥的模樣。那圈輕鬆寫意的男孩正把他圍在中間。他猶豫了一下，眨眼，然後用宏亮的聲音好脾氣地說：「接下來？不是很明顯嗎？接下來的主題就是你。」

查特吹響小號，那是用來召喚鬥牛開場的曲調，旋律野蠻昂揚，整圈男孩也隨之瘋狂地撲向布林克。他立刻逃向後面那叢常綠樹木，此時一罐罐的酒已經被從雪裡挖了出來。「搞什麼鬼，」他不停大吼，在枝葉間蹣跚踉蹌。「**搞——什麼——鬼！**」他的蘋果酒已經消失了，他本來想要根據規定分配的蘋果酒消失了，那規定本該由他掌控，多美好的奇想呀。然而週六的戴文沒有任何規定，即便是突發奇想的規定也不行，即便是布林克突發奇想的規定也不行。

在擠成一團爭奪的人群中，我搶到了一罐酒。我用手肘擋開別人的攻勢，打開酒，灌了一口，差點嗆到，隨即又繼續進行我原本的計畫：把手抬高，阻止布林克的嘴碰到酒。此時他的眼球突出，喉嚨的血管洶湧搏動。最後我終於還是放低了那罐酒。

他深沉地看了我一眼，看了很久，面無表情的臉非常專注，內心似乎又是暴怒又想嬉鬧；我猜想，要是當時我眨了眨眼，他大概就要出手揍我了。嘉年華的氣氛已經支離破碎成一場暴動，像顆炸彈懸在我們之間。我繼續面無表情地看著他，最後終於在那對發黑的眉眼底下，他的嘴唇微張，勉強射出幾個字：「我被冒犯了。」

我把酒罐用力甩向嘴邊，放鬆地吞了一大口酒。潛伏在我們身上一整天的暴力情緒逐漸消退，或許是被納瓜薩特河退潮的河水帶走了。布林克穿過那群漩渦般跑鬧的男孩，走向菲尼斯。「我正式宣布，」他怒吼，「比賽開始。」

「你不能這樣，」菲尼斯責備地說，「誰曾聽過奧運沒有聖火就開幕了？」

這時，我意識到必須附和，便立刻換上一副「沒聽過比賽沒聖火」的理解表情。

「聖火，聖火。」我隔著一整片潮濕的雪地對他們大喊。

「我們得犧牲一樣獎品，」菲尼斯一邊說一邊拿起《伊利亞德》，灑上蘋果酒，好讓書更容易點燃。然後他拿火柴往上一擦，一小簇火苗立刻蜿蜒向上竄升。於是隨著荷馬與蘋果酒的光芒，比賽終於開始了。

查特．道格拉斯靠在獎品桌旁，繼續為自己吹奏。他完全忘了我們和菲尼斯已開場的運動比賽，只是一邊來回走動一邊吹奏；有時滑雪比賽開始，他會吹出一些合適的曲調，那或許是海頓的作品，高遠傲慢的西班牙旋律，又或許是低俗歡快的紐奧良音樂。

蘋果酒中濃重的酒精開始掌控我們。但我懷疑讓我們醉倒的根本不是酒精，而是我們本身的活力以及把所有限制全部拋開的喜悅。布林克開始用足球大的雪塊扔往校長的雪雕，我則穿上滑雪板，從平緩到不行的斜坡上跳出迷你跳台，感覺自己簡直要凌空飛入浩瀚宇宙；菲尼斯也隨著查特隨興吹奏的一段西班牙音樂爬上獎品桌，單腳在獎品之間跳著滑稽的舞蹈，他在窄小的隙縫中旋轉跳動，先是漂亮跳過海索·布魯斯特的頭髮，又仔細避開了貝蒂·葛萊寶照片組。不知道是蘋果酒的酒精使然，還是碰觸到了內心最深層那屬於生命的喜悅，總之菲尼斯此刻又重新捕捉到那幾乎能讓自己懸在空中的絕妙天賦：他那隻健康的腳雖然得短暫地屈服於地心引力，但仍一次次將自己拋向空中。這是他展現自己最狂野的方式。在他所愛的世界中，這就是他為和平所編排的舞蹈。

接著他停止跳舞，坐在獎品之間。「現在我們要進行十項全能比賽，大家安靜，我們的奧運候選人基恩·佛瑞斯特，現在就要展現他足以參加奧運的能力。」於是我開始跑。我跑得飛快，快得彷彿抽象的速度本身，我用手倒立繞過所有雪雕，我用頭倒立於獎品桌上的冰箱頂端，還聽從他的要求跳過納瓜薩特河，最後摔落在奎肯布詩的船屋上，一切結束後，我還接受了熱烈掌聲（在這樣的一天，就連男校學生的傲氣都神奇地消散了），並讓菲尼斯把常綠樹葉製成的桂冠親手戴到我頭上——但這一切都不是蘋果酒的作用。不是蘋果酒讓我稱霸所有由他下令進行的比賽。我之所以能夠超越自己，是因為我們從這灰暗的一九四三年撕扯出了一絲解放氣息，我們捏造了一趟逃亡之旅。在這個下午，我們感受到了短暫、虛幻、獨特而遺世獨立的和平。

也是因為如此，我沒有注意到布朗尼．派金斯再次從宿舍跑了回來；當菲尼斯歡欣地大叫出聲時，我也沒聽見他喊道：「是給基恩的電報？一定是奧運委員會。他們要你參加！他們當然要你參加！把電報給我，布朗尼，我要對著這群人大聲念出來。」接著我看到菲尼斯的臉色開始轉變，表情從誇張歡快逐漸變得震驚，此時虛幻的和平感才逐漸從我身上消退。

我立刻從菲尼斯手上拿走電報，準備好面對任何毀滅性的消息。這是我在那年冬天學會的事。

我逃跑了，需要幫忙。我在聖誕節的地方，你知道在哪。不需要冒險寄信過來。安危就靠你了。立刻過來。

你最好的朋友

艾爾文．雷普．雷普利爾

10

那天晚上是我第一次搭火車跨越未知的鄉間，不過在那之後，這種單調的旅程成了我生命中的常態。因為到了隔年，我總是不停地從一個未知的駐地換到另一個駐地。那是我在軍旅生涯中最常執行的活動，或者說是最常執行的「不動」。因為我們沒有打仗、沒有衝鋒，只是不停地在夜間移動。說到底，我根本沒有參與戰爭。

我們的敵人在我穿上軍服時就已開始快速潰敗，所以我們被迫加速軍事訓練計畫，縮短一切學習時程，以盡快投入戰場。本來預定累積兩年的計畫變為六個月；本來為了一個計畫聚集而來的男人則被分散到另外二十個所在。一旦有新武器出現，我們這些原已經去過三、四個基地熟悉舊武器的人，又被送到第五、第六個甚至第七個基地去學習新武器。隨著勝利愈來愈近，我們便愈常被送來送去，好配合我們在這齣戲中的角色；雖然這齣戲開場得很倉促，演員太少，但現在的我們看起來反而像是過剩的一群。事實上，要不是戲的最後一幕發生日本人的自殺攻擊，引發了群眾的憤怒，否則演員從頭到尾就一直這麼少得可憐。我和我那個年代的人（不是「我的世代」這種在現在顯得切割過於精細的老詞彙）本來都是預定的演員人選，而且根據預測，我們當中的大部分人應該都要死於戰場，但比我們老一輩的人卻比預定計畫更快地結束了戰爭，而且最後又發生了那場轟炸浩劫。如今回頭看來，倒是那場浩劫救了我們的性命。

穿越美國那些不熟悉的領域成為我對這場戰爭最主要的記憶，不過每當我回想時，第一個浮現的卻是我連夜去找雷普的那一次。要去哪裡找他不是問題，「我在聖誕節的地方」代表他就在老家。他住在北方的佛蒙特，距離很遠，在這種季節，就連高速公路都會因為結冰而顛簸難行，每棟房子更只能孤獨淒清地對抗寒冷。總之，此地事物的自然狀態就是寒冷，屋宇則化身為在死絕景致中堅忍苦撐的脆弱避難所，雖然簡陋，但仍令人難以忘懷地感到舒適溫暖。

雷普家是獨立於冰凍山丘上的一棟溫暖房舍。我在經歷了代表戰爭前奏的夜間旅行之後的翌日清晨抵達，那是一趟清冷的旅行。我的目的地遠離其他小鎮，彷彿一個潮濕的倉庫。小鎮中有個公車站，站裡的每個人都一副睡眼惺忪、邋遢又無家可歸的樣子。在昏暗的天色下，一輛公車在這個荒僻的站牌停下來，有些人上車搭乘，有些人下車離開；這是一趟淒冷的夜間漫遊，我只能在一波波疲憊不已的睡眠之間努力思考，試圖理解雷普這封如同謎團的電報。

我在黎明時抵達小鎮，並因為光線重回大地而倍感振奮。我望著手上那個裝了咖啡的白杯子，突然決定要用樂觀的心態詮釋這封電報。好，雷普「逃跑」了，但沒有人會蓄意從軍隊中「逃跑」，所以他一定是為了其他事才「逃跑」。以軍人而言，最合理的原因就是為了躲避危險、死亡，以及敵人。既然雷普沒去過國外，那敵人一定是在國內，而國內的唯一敵人，就是間諜。所以雷普一定是為了躲避間諜才逃跑。

我緊抓住這個結論，不再試圖深究。幸好我們在「菸屁股房」已經為他在整個世界編造了太多光榮故事，所以我很快就能接受這種臆測，並因此鬆了口氣。畢竟在這場戰爭中，我們還是擁有多采多姿的希望與生命呀。你想想，我第一個參戰的朋友立刻和間諜周旋上了呢。我於是又開始抱持希望，心想或許這不算是一場太糟的戰爭。

有人告訴我雷普利爾家的房子離鎮上不遠，也告訴我當地無計程車可搭；不過即便沒人告訴我，我也知道沒有人願意載我過去。畢竟這裡是佛蒙特。不過，佛蒙特雖是個對外人冷漠的所在，倒也是個清晨光彩奪目的所在，就像這天，白雪白得泛出藍光，彷彿一條舒適柔軟的毯子覆蓋山丘，樺樹與榆樹則如同無堅不摧的士兵排成一列，形成隔開白雪與天空的強硬線條，那線非常纖細、卻又十足堅韌，就跟佛蒙特人一樣。

陽光是早晨的恩賜，也是值得慶祝的元素，除了散發光芒，陽光沒有任何其他美學目的。儘管周遭的一切看來尖銳冷硬，這希臘式的陽光總能從所有稜角中召喚出喜悅，並以它的光華軟化鄉間那張僵硬的面容。我腳步輕快地沿著一條路往鎮外走，冷風如刀，割著我的臉龐，陽光則輕撫我的頸背。

這條通往鎮外的路沿著山脊展開，經過大約一英里後，我在一道斜坡頂端看見雷普家的房子。一定就是那棟。那也是一棟佛蒙特風格的脆弱房舍，理所當然是白色的，外面還開了幾扇貌似英格蘭人臉型的狹長窗戶。其中一扇窗戶上掛了金色星星，代表這家人有個兒子正在為國效命，雷普則站在另一扇窗戶裡面。

我直直走向那扇他多次召喚我前去的大門。他的眼神一直沒從我身上移開，彷彿想用那雙眼睛召喚我前行。然而等我走到門口，他卻還站在那扇位於一樓的窗戶後面，所以我自己開門走進門廊。此時雷普從入口右側的餐廳走了過來。

「來這裡，」他說，「我大部分的時間都待在這裡。」

他照例沒解釋這麼做的原因。「你待在那裡做什麼？雷普。待在餐廳裡並不是很舒服，對吧？」

「嗯，可是很方便。」

「也是，我想那是個很好用的房間。」

「你在餐廳不會為了該做什麼而迷失。人只有在客廳才會不知道該做什麼。在客廳的人會惹上麻煩。」

「臥房也是。」我試圖緩和他舉止中的不祥之氣，但好像只會讓情況更嚴重。

他轉身，我則跟著他走進沒有裝潢的餐廳。那個空間裡頭只有幾張高背椅，地板沒鋪地毯，另外還有一座清冷的壁爐。「如果你真想待在一個功能良好的房間，」我故作爽朗地說，「你應該把時間花在浴室裡。」

他看著我，我注意到他的上唇左側向上抽動了一兩下，彷彿即將冷笑出聲或哭出來。接著我意識到，這舉動跟他的情緒無關，純粹只是無法克制。

他坐在餐桌主位上，那是唯一有扶手的椅子，我猜是他父親平常坐的椅子。我脫下外套，坐在餐桌中間的一個位子上，身體背對壁爐。從這個方向，我至少能看見陽光在雪地上嬉戲。

「你在這裡永遠不會疑惑接下來會發生什麼事。舉例來說，你知道餐點每天會送來三次。」

「我敢打賭，你媽每次準備餐點時都不會太開心。」

他的表情中第一次有了反應。「她哪有必要開心？」他挑釁地瞪著我嚇壞的臉。「這餐點是為了取悅我。」他激烈地大叫，我看見淚水在他眼眶中顫抖。

「這個嘛……她說不定很開心。」我知道現在說什麼都好，而且愈無關緊要、愈膚淺的話愈好，總之別再讓他抓狂就是了。我實在不想看到他抓狂。「看到你又回家了，她說不定很開心。」

他的表情再次變得呆滯。既然是我強迫將這段對話變得膚淺，找話題的責任就落到了我身上。「你會在這裡待多久？」

他聳聳肩，臉上因為聽到我的問題而浮現一抹噁心的表情，從前既小心又禮貌的個性已經消失無蹤。

「這個嘛，要是你正在放假，你一定知道何時得回去。」我用我當時自以為老成的語氣說，聲音中帶有一點公事公辦的幹練。「畢竟軍隊不會讓你放假，然後還對你說：『聽著，你覺得夠了再回來。』」

「我沒有被准假。」他呻吟，臉上滑過一絲絕望，雙手握拳。他就是這麼做的，並且發出一聲呻吟。

「我知道你說過，」我簡短地說，每個字都不帶感情，「你說你逃跑了。」我希望這一切都是假的，我希望這一切與間諜、逃亡或任何異常的事都無關。我知道事情就是這樣，但我真希望這一切都是假的。

「我『逃跑』了。」這個詞從雷普口中湧出，但不像他的聲音。他的表情憤怒，但眼神卻否認了憤怒的感受；他彷彿只是用雙眼直瞪憤怒，眼中仍然滿是恐懼。

「你到底是什麼意思？你逃跑了？」我咄咄逼人地說，「你不可以從軍隊逃跑。」

「那是你說的，但你根本不知道自己在說什麼。」此時他的眼神也憤怒了起來，對我閃耀出盲目的怒火。「解釋一下呀，你這樣說到底是什麼意思？」這實在不像喜歡水獺壩的雷普會說的話。

「嗯，我……我該怎麼說呢？畢竟我知道在軍隊中要怎麼做才算正常，就這樣。」

「正常，」他挖苦地重複，「多麼一個蠢笨的詞彙。我想這就是你們成天在想的事，對吧？這就是你們這種人會想的事，就是像你這種人。你在想，我不正常，對吧？我看得出來你在想什麼，我現在見多識廣了，」他的聲音突然變小，成為低聲的牢騷，「你在想，我有精神病。」

我思考了這個詞代表的意思，然後立刻感到深惡痛絕，彷彿一個我從未認為它存在的世界為之開啟。「瘋子」、「狂人」或者「不正常的傢伙」對我來說都是熟悉的詞彙，但「精神病」卻逼迫我面對「精神病房」的現實，還帶有一種系統化的診斷語調。雷普似乎是在被拘禁的時候學到了這個詞，不在戴文、不在佛蒙特，也不是來自任何與我們共享的經驗。在我感覺起來，他彷彿是在日本學到了這個詞。

恐懼突然讓我的肚子翻攪起來。我已經不在乎自己跟他說了什麼；我更擔心的是我自己。要是雷普有精神病，也是軍隊造成的，而我和其他人就快要入伍了啊。「你讓我噁心，你那些和軍隊有關的屁話也讓我噁心。」

「他們會允許我，」他幾乎全身都在笑，但雙眼卻否認自己所說的一切，「他們會允許我退役，依照第八條規定。」

每當我陷入困獸之鬥時，總會毫無來由地以高高在上的嘲弄姿態保護自己。這時，我重新陷入椅子中，抬起眉，聳了聳肩。「我根本聽不懂你在說什麼。你說的話毫無道理。在我聽來全跟日文沒兩樣。」

「第八條規定是讓瘋子退役的條款，就是那些精神病患、杜鵑窩候選人。現在你聽懂我在說什麼了嗎？他們讓你依照第八條規定退役，那比不名譽的強制退役更慘。之後也別想找到工作了。所有人看到你是依照第八條規定退役的，就會用一種戲謔的表情看你——就像你剛剛臉上那種鼻孔朝天看著某人，但又不想讓他們知道你感覺噁心的表情——他們就會那樣看著你，然後說：『嗯，我們目前沒有任何職缺。』你這輩子等於毀了，這就是依照第八條規定退役的下場。」

「你不用對我大吼，我聽力又沒問題。」

「怎麼樣，對你來說是難以接受的事實吧，正義使者。怎麼樣，他們畢竟還是對你洗腦成功了呀。」

「沒人洗我腦。」

「噢，他們把你洗腦得很徹底。」

「不要講誰洗我腦、誰還沒洗我腦。你以為你在跟誰說話？繼續玩你的蝸牛吧，雷普利爾。」

他又開始笑。「你總是自以為高高在上，是吧？你自以為是個了不起的傢伙，而且不見棺材不掉淚，但你的本質始終是個野蠻人。我一直知道，只是不願承認。不過最近幾個禮拜以來，」他的臉上又浮現絕望，「我承認的事情可多了。只是都和你無關，別往自己臉上貼金了。我不是在想你的事。我真該死，為什麼要想你呀？你曾經想過我嗎？我只想了我自己、我媽，還有我家的老頭，我想要讓他們永遠開心。算了，現在也不用在意這些了。反正我們現在談的就是你。你的本質就是個野蠻人，就像，」他眼中又浮現了混亂與困惑，唇邊的律動呈現出彷彿瘋狂與狡猾的紋路，「就像你把菲尼斯撞下樹那一次。」

我從椅子中撲向他。「你這瘋狂愚蠢的雜種……」

他還在笑，「就像那次，你害他得一輩子跛腳。」

我抬腿猛踢他的椅腳，讓雷普從椅子上摔到地板。他頭躺在地上，膝蓋向上抬高，一邊哭一邊笑，「……一直都是個野蠻人。」

樓梯上傳來了快速的腳步聲，他那龐大柔軟又個性溫和的母親突然出現在餐廳門口。「到底發生了什麼事？艾爾文！」

「我真的很……這是個誤會，」我彷彿變成其他人在聆聽自己的聲音，「他說了些瘋狂的話，我失控了……我忘記他……他精神有點狀況，是吧？他不知道自己在說什麼。」

「哎呀，老天在上，這孩子病了呀。」我們都快速過去，把咯咯發笑的雷普扶起來。「你是來這裡虐待他的嗎？」

「我真的很抱歉，」我咕噥著說，「我想我還是離開比較好。」

雷普利爾太太正在把雷普扶向階梯。「別走，」他一邊咯咯笑一邊說，「留下來吃午餐。你至少可以指望這件事。每天一定會有三次餐點，無論戰時還是平時，在這個房間內都有三餐可吃。」

我真的留了下來。有些時候你會因為太過羞愧而不敢離開，此刻正是如此。又有些時候，你想知道的事情太多，卻又無法明白真相，最後只好謙卑地、愚蠢地留下。此刻也是如此。

那是一頓很像晚餐的豐盛佛蒙特午餐，但其實一開始比較像個「午餐劇場」。雷普幾乎什麼都沒吃，我的食慾卻因為羞恥而變大。我先是吃掉手邊所有食物，接著還臉頰火燙尷尬地拜託別人把食物傳給我。不過正因如此，難以相信的改變發生了：雷普利爾太太因為我喜愛她的廚藝而原諒了我。等到了這餐飯的尾聲，她已經可以直接對我說話了。她的聲音高亢而溫柔，是一種調整過的聲音。我的舉止從頭到尾都顯得過於笨拙、尷尬，然而由於這些行為延續了一整頓午餐，反而成為一次漫長繁複的道歉，於是，等到她為我上了第二道點心時，我可以看出她已經接受我的道歉了。「他的本質還是個好孩子，」她心裡一定這麼想，「脾氣很差，沒有自制力，但他心懷歉疚。他的本質畢竟是個好孩子。」但我必須說：雷普對我的看法比較接近真相。

她建議我們兩人在午餐後散散步。此刻的雷普看來是個全然服從的模範兒子，只是一直都不正視母親。他東拼西湊地穿上一些抵擋刺骨寒風的衣物，有些是帆布材質、有些是羊毛、有些則是法蘭絨。接著我們從後門出發，迎向華美的餘暉。我的骨子裡實在不是個新英格蘭人，儘管已經熟悉了這裡的鄉村景致，但我畢竟是個外來者，所以完全乾枯的冬季原野還是讓我感覺很不對勁。我一邊踏雪前行，一邊試圖分辨此處是否曾在夏天種植玉米、是否曾為一片牧草地，又或者之前究竟是什麼模樣。這些判斷都是出自於我內心深處的直覺與最原始的期待，但我同時也很清楚，這裡什麼也種不出來。我們穿越的是眾多荒原中的一片，每一步都會踩破地面表層的薄冰，再陷入底下柔軟的雪堆，然後我等待，等待著雷普在他最愛的冬天清醒過來。就像我知道這塊地不可能再次用來生產一樣，我也知道在佛蒙特的山丘間，雷普無法變得狂亂尖酸，精神病也無法再次發作。

「佛蒙特有軍營嗎？」我對自己的想像非常有信心，所以願意冒險逼他說話，甚至敢冒險逼他談論軍隊。

「我想沒有吧。」

「一定有。他們應該送你到這裡的營區，你就不會這麼緊張了。」

「沒錯，」他咯咯笑了一聲，「我就是他們在軍中說的『服役緊張人士』。」

我誇張地笑出聲。「他們這樣叫你？」

雷普甚至懶得回應我。在此之前，他總是會禮貌地為對話收尾：「是，他們就是這樣，他們就是這樣叫我的。」但今天的他只是試探地看了我一眼，沒說話。

我們繼續往前走，薄冰層繼續在我們腳下以怪異的聲音及質地裂開。「服役緊張人士，」我說，「聽起來像是布林克會寫的詩。」

「那個雜種！」

「你不知道布林克這些日子以來變了多少……」

「要是他變成白雪公主，我倒是很樂意知道。」

「喔，他倒是還沒變成白雪公主。」

「太遺憾了，」他的聲音中又出現了壓抑的笑意，「長了一張布林克臉的白雪公主，這畫面太有意思了。」他突然啜泣出聲。

「雷普！怎麼了？發生了什麼事？雷普？雷普！」

他發出喑啞的抽泣聲；要是再多出一盎斯的悲傷，他大概就要開始撕扯自己如同鄉村服裝展示櫃的層疊衣物了。「雷普！雷普！」想到這件事，我突然覺得我們兩人被粗暴地綁縛在一起；畢竟在此刻，我是他在這世界上最親近的人，反之亦然。「雷普，老天，雷普。」我都要哭出來了。「停下來，拜託你停下來。不要這樣，不要再哭了，雷普。」

他安靜了一些，但不是因為不再絕望，而是累得無法繼續下去，然後我說：「我很抱歉，我不該提起布林克。我不知道你那麼恨他。」雷普看起來無法負擔這樣的恨意，尤其是現在，他快速的呼吸氣息像奮力的蒸汽引擎般噴出，鼻子和眼睛都紅了，臉頰上也出現許多形狀不一的大塊紅斑。他的皮膚既細緻又脆弱，所以只要浮現不健康的色澤就會非常明顯。他身上滿是隨機雜亂的顏色，但沒有一種足以代表他的悲傷。然後他看著我，身上是層層堆疊的衣物，臉上滿是紅斑，像個著裝到一半的小丑。然而他並不絕望，也沒有恨意。

「我並不恨布林克，我不恨他，我和大家差不多。」他的眼神游移，小心地看著我。冷風颱起一道白雪掃過我們身邊。「只是……」他大力地吸了一口氣，發出一陣尖銳的氣音，「……想到他的臉接在女人身體上，我就精神病發了。類似那樣的想法都會讓我病發。我也不知道為什麼。我猜他們是對的，我就是個精神病患。我猜我一定有病，肯定有病。你有碰過這種事嗎？」

「沒有。」

「你有沒有想過，要是你剛好是那種愛想像的人，你可能會想像男人的頭接在女人的身體上？有時盯得太久，你可能還會把椅子的扶手想像成人的手，類似這樣的事，要是真的發生了，你會覺得困擾嗎？」

我什麼都沒說。

「說不定每個人都會想像類似的事，只要他們離家很遠，真的很遠，而且是第一次。你覺得呢？我一開始去的那個軍營被稱為『接待中心』，但每天天還沒亮，他們就把我們叫醒，給我們廚餘一樣的食物，還丟掉我所有衣服。他們只給我一件制服，那件制服連味道聞起來都不對勁。等基礎訓練開始後，我又整天只想睡覺。我真的一直在睡覺，整天都睡，無論在講習課上還是在別人的射程範圍內，總之我在任何地方都會睡，但到了晚上又睡不著。我旁邊睡了一個一直咳嗽的男人，他咳得像是要把胃咳出喉嚨，其中有一次，我簡直以為他的胃就要從嘴巴飛濺到地上了。他總是面對著我睡覺，雖然我們睡覺時頭腳的方向是交錯的，但我知道他的胃袋可能會落在我附近，所以我晚上一直睡不著。到了白天，我又吃不下這些廚餘般的食物，所以除了在大食堂的時間，我總是很餓。大食堂。無論什麼事物，在軍隊中都會有個完美的詞來形容，你有想過這件事嗎？」

我輕微地點頭又搖頭，有又沒有。我的動作小到幾乎無法察覺。

「至於用來形容我的詞，」他聲音開始扭曲，彷彿舌頭腫脹起來，「精神病患。我想我就是精神病患。我一定是。我是嗎？或者瘋的是軍隊？因為他們把什麼都搞反啦。我在床上睡不著，只好到處睡。我無法在大食堂吃東西，只好到處覓食。所有事情都被搞反了。就連睡在我旁邊的男人都要把肚子裡的胃咳到翻出來了。然後一切都變了。我開始看不出下士臉上的表情，他的臉一直變成其他我認識的人，然後我開始想，他怎麼看起來像我，然後，他……」雷普的聲音開始出現哭腔，但不容易發現，「他變成了一個女人，我看他的距離就像我現在看你一樣，但他的臉就這樣變成了女人，我開始對著所有人大吼，我大吼，這樣他們才能看見，我可不想變成唯一看見的人。我叫得愈來愈大聲，想讓所有身邊的人都聽見——你可以了解，我思考的方式一點也不瘋狂，是吧，我所做的一切都有很好的理由，是吧——但我吼得不夠快，或者不夠大聲，大家都沒有反應。最後終於有一個人走過來，就是那個睡在我旁邊咳嗽的男人，他因為正在掃營房，所以拿著掃把，但我又立刻看出來了，那不是掃把，而是一個人被砍斷的腳。我還記得自己想，他一定是在醫院幫助一位截肢病患時聽到我的吼叫。我想你可以明白其中的邏輯吧。」我們朝著原野邊緣走去，腳下的薄冰層不停碎裂，就連堅硬的樹木也因為寒冷而龜裂。這兩組聲響在我耳裡交會，就像遠方傳來的來福槍彼此交火。

我沒說話，已經說了不少話的雷普則繼續說，他的聲音比風聲和裂冰聲還大，彷彿這故事永遠不可能結束。「然後他們抓住我，然後到處都是頭、手臂、腿，我分不出來究竟什麼時候……」

「**閉嘴！**」

他的聲音變得輕柔又畏怯，「……什麼時候……」

「你以為我想聽這些嚇人的細節嗎？閉嘴！我不在乎！我不在乎你發生了什麼事，雷普。我完完全全、一點也不在乎。你懂嗎？這和我沒有關係！沒有一丁點關係！我不在乎！」

我轉身後跌跌撞撞地跑過整片原野，打算繞過他家奔向回到鎮上的那條路。我任由雷普去對著寒風訴說他的故事，他或許會永遠地講下去，我不在乎。我一點都不想再聽了。我已經聽得太多了。他跟我說這種故事到底是什麼意思！我一點都不想再聽了。現在不想，永遠不想。我不在乎。那與我無關。我一點都不想再聽了。永遠不想。

11

我想見菲尼斯，只想見菲尼斯。畢竟和他在一起時不需要面對衝突。我們只有運動員之間的競爭，那是一種希臘式的奧林匹亞精神：勝利歸於擁有最強壯身體與心靈之人。那是他唯一相信的衝突形式。

我回到學校，發現他正在一個叫做「遠場」的地方打雪仗。戴文中每一塊開放場地都被仔細地取了英文名字：「中廣」、「遠廣」、「場地」和「遠場」。而所謂的「遠場」必須跨越體育館、網球場、戴文河和禮堂後直抵樹林邊緣，然而如果只看名字，我心中會出現這樣的畫面：一群美國原住民往地球極北處行進，穿越一整片樹海後抵達北方大荒野。我看到菲尼斯在樹林邊又是玩、又是打架——這兩個行為對他來說沒啥差別——我站在那裡想，如果我們身處於這片樹林的北方邊界，事情會比較好嗎？如果我們往北一千英里，深入北極某地深處的荒野，事情會比較好嗎？如果我們穿越從戴文開始如半島般延伸向北的樹林，抵達另一側，並發現那裡有一片從未有人涉足的榆樹林地，而這小林地既簡樸、又美麗，如果在那裡，事情會不會更簡單、更美好？

現在的我已經懂了，那片林地根本不存在。不過在我回到戴文的那天早上，我還想像那片林地位於可見的地平線外，又或者是那之後的另一條地平線外。

幾個打雪仗的人停下來大吼，對我打招呼，但沒人向我提出有關雷普的問題。不過我很清楚，現在待在這裡是個錯誤，畢竟隨時可能有人開口。

這場雪仗顯然又是出自菲尼斯的手筆。畢竟還有誰能把二十個人拖到學校最荒涼的地方並對著彼此丟雪球？我唯一能想像到的就是他。每天只要十點的課一結束，只要他心裡有個特別荒謬有趣的點子，他便會展現天生的領導能力，輕鬆組織眾人。於是，他們現在都在這兒了，這些學校中的菁英和高年級的卓越領導者。智商拔尖的他們穿著昂貴的鞋子，並如同布林克做作的語言所說的：「正在用雪球彼此塗抹」。

我在這場混仗及樹林的邊緣猶豫了一下，腦中思緒糾結，無法加入雪仗，也無法走入樹林。所以我看了腕錶一眼，以手掩嘴，假裝想到什麼緊急又重要的事得做。為了怕大家沒注意到這場默劇，我還重複了好幾次，並想藉著這非語言的解釋趁機朝向學校中心移動。然而一顆雪球打中我的後腦杓，接著是菲尼斯的聲音傳來。「你屬於我們這一隊，雖然你的準頭很差，但我們現在少一個人，所以只好拿你充數啦。」他走向我，手上沒有拐杖，而那片足以讓他走路的石膏看起來好小、好輕，無論是誰應該都能輕鬆駕馭，而且還不會被注意到跛腳的問題。不過菲尼斯的身體協調性曾經那麼好，導致任何小缺陷在他身上都很顯眼：比如現在他走路的時候總會出現一次次短促的暫停，那節奏彷彿鼓在敲擊，也彷彿他不斷地在萬分之一秒的瞬間忘記自己要去哪裡。

「雷普還好嗎？」他漫不經心地問。

「噢，雷普……他能怎麼樣呢？你也知道雷普這個人……」人群朝向我們逼近。我又拖延了一段時間。此時一顆雪球意外砸到菲尼斯臉頰，他於是又丟了一顆回去。我從地上抓了一些雪充當彈藥，然後所有人便被捲入了激烈的混仗中。

有個人把我打倒；我把布林克摔下一段斜坡；又有個人試圖從背後制伏我。到處都是衣物中所散發出的年輕氣味，那種充滿活力的氣息潛伏在羊毛、法蘭絨和燈芯絨中，就像春天散發的氣味。我幾乎忘了這種氣味的存在。從前每到春天，提醒我季節轉換的，不是知更鳥的叫聲或新芽新葉，而是這種氣味。我總是歡迎這種氣味的到來，也喜愛這種從厚重冬衣中散發出的活力和溫暖能量。那總讓我感到快樂。然而我懷疑，到了下一個春天，無論是卡其制服、還是淡褐色的夏季軍服，又或者是當季必須穿的任何制服，總之都不會再散發出屬於春天的氣味與承諾。我很確定不會再有了。

雪仗的進行方式變了。菲尼斯本來把我和一些人召為同一陣線，所以很快形成了雙邊對戰的模式。不過突然之間，他開始攻擊我，又背叛了另外幾位戰友；他跑去加入別人，一度和布林克同一陣線，雖然時間不長，但足以讓之後的背叛再次掀起大亂。所謂的「忠誠」在此無望地混亂糾纏，最後的下場就是沒人能贏，也沒人會輸。在這團混亂當中，布林克身為將帥的意識消失無蹤，他變得像阿拉伯人一樣狡猾，甚至還像個娘娘腔般心細如髮。直到最後，雪仗結束了，以那唯一可能的方式：我們全都轉而攻擊菲尼斯。於是慢慢地，他臉上的冷笑愈拉愈大，最後終於被暴風雪般密集激烈的雪球擊倒。

等他投降之後，我愉快地彎身扶他起來，還抓住他的手腕以阻止他丟出偷偷準備好的最後一記雪球。他說：「這大概是希特勒青年軍一天的運動量吧。」我們全都笑了。在走回體育館的路上，他說：「剛剛那仗打得不錯。我覺得挺好玩，是吧？」

幾個小時後，我突然想到該問他：「你可以這樣打雪仗嗎？畢竟，你的腿……」

「史坦波有叮嚀我別再摔倒之類的，總之我很小心。」

「老天，千萬別再摔斷了。」

「不會，我不會再把腿摔壞了。而且骨頭在斷掉的地方重長之後，不是會變得更強壯嗎？」

「嗯，我想是吧。」

「我也這麼想。其實，我可以感覺我的腳變得愈來愈強壯。」

「你可以感覺到？你感覺得到？」

「是呀，我可以感覺到。」

「感謝老天。」

「什麼？」

「我是說，這樣很好。」

「是呀，我也這麼想。我覺得這樣很好，真的很好。」

那天晚餐過後，布林克正式來我們房間拜訪，當然也不是第一次了。我們的房間到了一年此時已充滿了倦怠之氣，畢竟住在這裡太久了，我們對房內的環境布置早就沒什麼興趣。我們的小床分據房間兩側，上面鋪了粉色與棕色的棉質床單，而底下的床板已經凹陷。牆壁慘白得不正常，上面貼的物品則暗示了兩項被我們遺忘的興趣：首先，在菲尼斯的小床上方，他用寬膠帶貼了一張從報紙上剪下的照片，拍的是羅斯福總統與邱吉爾的會面（「他們是兩個最重要的老人，」他曾經如此解釋，「正聚在一起討論該為我們捏造什麼戰爭故事。」）；在我的小床上方則有一些好久以前貼的照片，全部拼湊在一起，便成了我虛構的成長故事，當中包括從農莊的豪宅窗戶看出去的浪漫美景（美得令人想哭泣）、月光下長了苔蘚的樹，還有慵懶又覆滿塵埃的道路蜿蜒穿過黑鬼住的小木屋。如果有人問我照片的事，我便謊稱自己的口音來自比我真實住處還要南方的第三個州，並一直誤導別人相信這宅邸是我住過的老家。不過到了現在，我已經不需要這個栩栩如生的假身分了。我覺得現在的我已經擁有了真正的權威與價值。我已經有了新的人生經驗，而且還在繼續成長。

「雷普還好嗎？」布林克進門時這麼問。

「對呀，」菲尼斯說，「我之前也想問你。」

「雷普？為什麼？他……他正在休假。」但我對自己誤導別人的憎恨感似乎與日俱增。

「事實上，雷普『離開軍隊但沒有休假許可』，他是自己跑掉的。」

「雷普？」兩人同時出聲。

「是呀，」我聳聳肩，「雷普。他已經不是我們之前認識的那隻小兔子了。」

「沒人可以改變得這麼多。」布林克用他那全新的強悍語氣說道。

菲尼斯說：「他只是不喜歡軍隊，我敢打賭。為什麼得喜歡呢？從軍到底有什麼意義？」

「菲尼斯，」布林克正色地說，「請別在這種時候針對世界議題進行你那不成熟的演說。」然後對我說：「他是嚇得待不下去，是吧？」

我瞇起眼睛，彷彿在努力思考他說的話，最後才終於說了：「對，我想你這麼說也對。」

「他慌了。」

我什麼都沒說。

「他一定發瘋了，」布林克亢奮地說，「竟然做出那種事。我敢打賭，他一定崩潰了，是不是？一定是這樣。雷普發現從軍不是他能應付的事。我聽說過這種傢伙。他們在某個早晨沒和其他人一樣起床，只是躺在那裡哭，我敢打賭，雷普一定是發生了類似的事。」他看著我，「對吧？」

「對，沒錯。」

布林克真的非常亢奮，因為發現真相與他的想像所差無幾，他幾乎顯得興致高昂。

不過等他深刻想過之後，他又一副要崩潰的樣子。「啊，我會得到報應。我一定會得到報應。雷普呀，安靜的雷普，來自佛蒙特的安靜雷普，他以前連架也不會打，但那又怎樣？你以為只要入伍了，他就會了。可憐的雷普。他現在狀況如何？」

「常常哭。」

「噢，老天。我們班到底發生了什麼事？六月都還沒到，我們就已經有兩個人不能為這『時期』奉獻了。」

「兩個？」

布林克猶豫了一下。「還有菲尼斯。」

「對，」菲尼斯用他那彷彿樂音的低沉語調回應，「還有我。」

「菲尼斯還可以。」我說。

「對啦，他當然可以。」

「不，我已經不行啦。」

「沒有什麼事值得你行不行！」不知道我的表情是否如我的聲音一般誠摯。「都是這場愚蠢的假戰爭，都是肥老頭捏造的……」我說話時無法不看著菲尼斯的臉，結果受到他的影響，我脫口就說出了這句話。然後我等著他消化，等著他再次談論那些善於策畫的政客與被欺騙的大眾，等著他把那偉大的笑話再說一次——也就是他足以把世界踩在腳底下的那個祕密。結果，他坐在自己的小床上，手肘抵著膝蓋，眼睛往下看，然後把那雙大眼睛抬起來，臉上的笑容一閃而逝，最後喃喃地說：「當然，根本沒有戰爭。」

這是菲尼斯的嘲諷發言之一，隨著這次發言，他帶領我們度過冬季的眾多活動也到了尾聲。現實被重新建構起來，幻想消逝了，就像西元一九四四年的奧林匹克運動會一樣，在還沒開幕之前就已落幕。

為了這場戰爭，戴文已經被徵召到幾乎什麼人都不剩了。就算有些不受影響的活動，或是仍活在自己幻夢中的人，也都已經被布林克捕捉進自己的獸欄。至於在教堂，每天都在宣布關於「V—12」的合格事項，那是海軍在許多學院及大學設置的軍官訓練計畫。這計畫聽起來非常安全，幾乎像平時活動，就像去上大學一樣，所以很受歡迎。一大群人加入了「V—12」，人數大概如同戰車登陸艦的船員這麼多，而且幾乎每個人都能合格；另外只有少數幾個人「想開飛機」，所以加入了空軍，或者加入「V—5」計畫。除此之外，還有幾個人的父親特別「活躍」，希望把他們分派進安納波利斯、西點軍校或者海岸巡防學院，要是幸運的話，或許還有機會被指派到商船學院。就傳統而言，戴文確實選擇成為一間平民風格的學院，但遇到那些總是出沒在校園的強悍募兵官員時，所有人還是會散發出一股節制的好客氣氛。我們心中沒有潛藏任何一絲勢利之情，他們也沒有，但在這兩群人之間，我們還是能感覺到一種真實存在的深刻差異。我們全都試圖跨越這差異，就像雅典人和斯巴達人不只想停戰，還希望組成聯盟一樣，只不過我們不如雅典人文明，他們也不如斯巴達人勇敢。

當然我們也不夠勇敢。我們覺得沒必要急著參戰。沒有人想加入步兵部隊，只有幾個人和海軍談過。現在最重要的事是小心，是自保。這場戰爭畢竟還很長。至於奎肯布詩，據我聽說，已經在軍事學院被指派了兩個可能的職位，並且全都已仔細地打點好了，其中一個是「V—12」計畫，另一個必要時可採用的後備計畫則是牙醫學校。

我本人則毫無作為。我覺得這樣不好，但也不知道該怎麼辦。而布林克的改變倒是愈來愈快。他原本訴諸絕對的美德早已動搖，而且對未來的計畫一個比一個更與戰爭無關。但我仍是毫無作為。

一天早上，一位海軍軍官介紹了護航隊的職責，迷得所有人暈頭轉向，結束後我們走到門廳，布林克用手架著我的脖子後方，把我推到一間教堂入口附近具有隔音效果的琴房，然後把我們身後如同地窖大門的厚重門板關上。

「你之所以一直拖延不入伍，原因只有一個，」他立刻說，「你自己明白，對吧？」

「不，我不明白。」

「這個嘛，我很清楚，我告訴你為什麼。是菲尼斯。你在可憐他。」

「可憐他！」

「對，可憐他。要是你再不收斂，他也會開始可憐自己。除了我之外，沒有人跟他提過腳的事。如果繼續下去，他隨時可能變得自憐消沉。你們每個人到底在小心什麼？他的腳跛了，就是跛了呀。他必須接受事實，所以我們得開始對此表現得自然一點，甚至時不時地拿這件事開開玩笑，不然他永遠不會接受。」

「你錯得太離譜了，你的話我甚至……我甚至聽不下去。你錯得太離譜了！」

「好吧，那我自己來做。」

「不行，你不行。」

「不行個鬼。我不需要你批准，是吧？」

「我是他的室友，是他最好的朋友……」

「你也是意外發生時在他身邊的人。我知道，但我真的一點也不在乎。還有，別忘了，」他眼神尖銳地盯著我，「你和這件事脫不了關係。我的意思是，你知道的，要是菲尼斯的意外可以被一筆勾銷後遺忘，對你絕對沒有壞處。」

我可以感覺自己的臉開始扭曲，就像菲尼斯真正憤怒時會出現的模樣。「你這樣說是什麼意思？」

「我哪知道，」他聳聳肩，然後用非常誇張的姿態咯咯發笑，「沒人知道。」接著又突然恢復正常，「除非你知道。」最後他把嘴巴抿成一條直線，表情放空，就此打住。

我完全不知道布林克會怎麼說或怎麼做。之前他總是想到什麼做什麼，也知道自己要什麼，因為他確定自己腦中的思想絕對正確。當他在「金羊毛辯論社」、「撒馬利亞協會」或「當地弱勢孩童分會」時，這方法確實沒問題，但現在的我卻害怕他那簡單直接的行動力。

我從教堂走回宿舍，發現菲尼斯就堵在階梯中央，一堆人被卡在他之下，並在他的指揮下唱起了〈上帝是我們堅固的堡壘〉（A Mighty Fortress Is Our God）。從來沒有一個音痴可以像他這麼熱愛音樂，我猜，他的局限反而讓他更願意聆賞；無論是貝多芬、最近流行的愛情小曲、爵士樂，還是讚美詩，菲尼斯都一視同仁地喜愛，因為對他而言，這些曲子都一樣具有音樂性。

「……我們的救主，祂在如洪水，」聲音流瀉到廣場上，彷彿足球隊行進的節奏，「遍布的人世病孽中！」

「一切都很好，」菲尼斯最後說，「分段、節奏，一切都好，但我不確定你們的音準是否可行，可能得降個半音，就容我這般隨便猜測吧。」

我們走回房間。我坐在為他翻譯了一半的《凱撒大帝》前，他今年的拉丁文一定得通過，不然無法畢業。我覺得我翻得還不錯。

「你翻到什麼有趣的段落了嗎？」

「這裡有一部分挺有趣，」我說，「如果我沒讀錯的話，是關於一場奇襲。」

「念給我聽。」

「嗯，我看看。是這樣開始的，『凱撒注意到，敵人會在營地多留幾天，因為沼澤和地形的關係，他送了一封信給堤雷伯紐斯，並命令他』——『命令他』三個字並沒有出現在文本中，但意思上是這樣；你知道我的意思。」

「當然，繼續。」

「『命令他盡快長途跋涉地趕來找他』——後面這個『他』指的是凱撒本人。」菲尼斯雙眼閃出興味盎然的光芒，「我當然知道。」

「『命令他盡快長途跋涉地趕來找他，同時帶上三個軍團；他自己本人』——當然也就是凱撒——『派了一些騎兵阻擋敵人可能進行的奇襲。此時高盧人發現狀況不對，選出一些步兵在各地進行突襲；他們在首領佛提斯科斯死去後抓了我們的馬兵，然後尾隨散亂的士兵朝我們營地前進。』」

「我有一種預感，洪恩先生一定會說這段『翻得像爛泥』。這段到底是什麼意思？」

「凱撒幹得不太好。」

「但他最後還是贏了。」

「當然，如果你是以整體來說……」我突然停下來。「他是贏了，但前提是你真的相信高盧戰爭存在……」菲尼斯從一開始就不相信凱撒這個歷史角色真的存在。雖然這位兩千年前就消失的凱撒掌管了一整個逝去的帝國和其語言，但在男校學生的眼中，他不過就是個災星，更是個無聊的傢伙。與其說他是羅馬時代的暴君，不如說他是戴文校內的暴君比較實際。菲尼斯個人對凱撒的恨意更是深刻，由於他堅信凱撒、羅馬和拉丁文都不曾存在，他想到凱撒時更是憤怒……「你還得真的相信凱撒存在。」我說。

菲尼斯從他的小床起身，後來才想起來要拿拐杖。他怪異地看著我，我以為他的臉已經準備好開始爆笑。「當然，我不相信書本，也不相信老師，」他走了幾步過來，「但我確實相信……對我來說，我必須相信『你』。老天，我至少得相信你呀。我對你的了解勝過其他人。」我一語不發地等著。「你跟我說雷普發瘋了，你得承認你說的就是『發瘋』。雷普發瘋了。當我聽到這件事的時候，我就知道了，戰爭是真的，這場戰爭和所有戰爭都是真的。如果一場戰爭可以把人逼瘋，那就一定是真的。噢，我猜我一直都明白，只是不想承認。」他把腳靠在我的床邊，上面包著的小片石膏底部有幫助他行走的金屬片。「老實告訴你吧，當你告訴我雷普發瘋時，我對『你』也沒什麼把握了。當然，我還是相信你，」他趕緊補充，「但你是容易緊張的類型，你知道的，所以我想，說不定你被佛蒙特那個鬼地方引發了一些奇怪的想像力。我想，他或許沒你形容的那麼糟糕。」菲尼斯的表情彷彿隨時準備好迎接我的反擊。「然後我親眼看到了。」

我懷疑地轉向他。「你見到雷普了？」

「我今天早上看到他了，就在教堂禮拜結束後。他——身邊可沒有什麼可以引發我的想像力——總之我看到他躲在樹叢後面，就在教堂旁邊。我像之前一樣從側門溜出去——之前這樣做是為了避開人群——然後我看到了雷普，我想他也看到我了。該死的是，他一個字也沒說，只是盯著我，好像我是隻黑猩猩還是什麼，然後他就躲進卡哈特先生的辦公室了。」

「他一定是瘋了。」我無意識地說，然後我的眼神自動對上了菲尼斯的眼神。突然之間，我們都笑了出來。

「我們什麼該死的事都做不了。」他憐憫地說。

「我不想看到他，」我喃喃地說。接著，為了稍微表現出負責任的態度，我問：「還有誰知道他在這裡？」

「沒人。我想應該沒有人。」

「我們什麼都不能做，卡哈特先生或史坦波醫生或許能做些什麼。我們最好別告訴任何人，因為……因為他們只會盯著雷普看，而他也會嚇到他們。」

「總之，」菲尼斯說，「我知道戰爭真的存在了。」

「是，我想戰爭確實在打。但我比較喜歡你之前的說法。」

「我也是。」

「真希望你沒發現真相。發現了又能怎麼樣？」我們又開始笑，彼此交換有點心虛的眼神，彷彿前晚大肆狂歡過又在牧師茶會上碰頭的兩個人。「這個嘛，」他說，「你在奧運的表現很好。」

「那麼你就是從古至今最棒的新聞分析師。」

「你有注意到嗎？你每次參加奧運都拿了金牌，歷史上從未有人做到呀。」

「你在世界上的每份報紙都有獨家報導。」陽光灑落，照亮我們之間數百萬顆懸浮塵埃，並在地上投出一池閃耀不定的光芒。「之前從未有人做到呀。」

那天晚上十點零五分，布林克帶了另外三個人大張旗鼓地走進我們房間。「我們要帶你們出去。」他語調平板地說。

「已經是就寢時間了。」我說。「去哪裡？」菲尼斯也好奇地問。

「你們等一下就知道了。帶上他們。」他的朋友半強迫地把我們拉起來，就這樣把我們半抬著走下樓梯。我猜這一定是場終極惡作劇，畢竟高年級班在戴文留下了不少類似的傳統。我們是要去偷學校大鐘的鈴舌嗎？還是要把一頭乳牛綁在教堂裡？

結果，他們把我們帶往第一大樓，這棟大樓曾被燒毀多次又重建，但仍以戴文「第一大樓」的身分屹立不搖。大樓裡只有教室，所以此時全是空的，也讓我們看來更顯鬼祟。布林克曾經擔任班級管理官，當時負責管理鑰匙，所以此刻當我們走向大樓主門時，那些被他留下的鑰匙正在空氣中叮噹作響。我們頭頂上的門廊刻著拉丁文銘文：**男孩來這裡是為了成為男人**。

鎖頭被轉開。我們往裡面走，進入那個在白天時非常繁忙的門廊，然而本來熟悉的地點此刻看來卻不太一樣。我們的腳步聲落在大理石地板上，每一步都帶著遲疑的罪惡感。我們繼續穿越門廳，來到一整排好似夢幻的窗櫺邊，左轉，走上一道蒼白的大理石階梯，再左轉，穿過兩道門，進入「集合大廳」。戴文備受稱頌的水晶燈就高高掛在天花板上，邊緣一顆顆垂下的發光淚滴正散發出細微的光芒。一排排美國早期風格的黑色長椅列在廳內，空蕩蕩的，只有窗戶細長又朦朧的陰影籠罩其上。大廳前方有個突起的講台，前面裝了欄杆，大約十個高年級學生坐在上面，身上全穿著黑色的畢業長袍。這大概是一場屬於男校學生的假面舞會，我想，一場搭配面具和蠟燭的假面舞會。

「你們都看到菲尼斯的跛腳了，」布林克在我們走進大廳時大聲說道，那聲音又響亮又粗糙，嚇了我一大跳。我差點就想為此出手揍他。菲尼斯看起來很困惑。「坐下，」他繼續說，「讓腳休息一下。」我們坐在前排座位上，那裡已經坐了八或十個學生，全都不自在地對著講台上的學生冷笑。

無論布林克打算做什麼，我覺得他都挑了一個糟糕的地點。「集合大廳」中沒有任何有趣的元素。我甚至記得自己曾千百次地透過這些窗戶，呆望著那些種在「中廣」的榆樹。然而現在是晚上，連窗戶都被夜幕覆蓋起來，感覺更是一片死寂，彷彿窗戶都聾了或瞎了。巨大的牆壁上幾乎都是帆布底的油畫像，上面畫了已故校長、一兩位創校者、被遺忘的教職員長官、一個我們誰也沒聽過但備受敬愛的體育教練、一位我們不認得但捐了大筆金錢重建學校的女性、一位曾在學校保護下深信能為未來世代貢獻的無名詩人，另外還有一位看起來非常戲劇化的年輕英雄，而他死亡時，身上正穿著如同畫中的一次大戰軍服。

我想，任何惡作劇在這裡都不可能玩得起來。

「集合大廳」是用來進行大型演講、辯論、戲劇表演和音樂會的地方，但卻擁有全校最差的音響效果。我幾乎聽不清楚布林克在說什麼。他站在我們面前，就在光滑的大理石地板上，他面對講台，正在對那些欄杆背後的男孩說話。我聽到他說了「詢問」，還有什麼「我們的國家要求……」。

「他們為什麼這麼激動？」我一頭霧水。

「不知道。」菲尼斯簡短地回答。

布林克轉向我們，同時說著：「……責怪必須負責的那方。我們將以一段簡短的禱詞開始。」他暫停，臉上出現卡哈特先生總在此刻出現的瞪眼尋思表情。接著又如同卡哈特先生彬彬有禮地低語：「讓我們一起禱告。」

我們立刻想也不想地陷入尷尬的蹲伏姿勢，那是我們在戴文禱告的方式：身體往前傾，手肘架在膝蓋上。布林克輕易控制了我們，而在那個時候，想反悔也來不及了，因為他已經迅速遁入自己對上帝的禱詞。要是我在布林克說「讓我們一起禱告」時接上「為了進入地獄」，或許一切還來得及。

禱告結束，現場出現一股近乎嚴肅的不確定氣氛，接著布林克說了：「菲尼斯，麻煩你。」菲尼斯起身，聳了一下肩膀，然後走到場地中央，就在我們和講台中間。布林克從欄杆後面拿來一張扶手椅，小心又禮貌地請菲尼斯坐上去。「現在，用你自己的話來說。」他說。

「什麼自己的話？」菲尼斯抬頭笑著看他，臉上的表情顯然是在說「你這個白痴」。

「我知道你自己沒什麼話要說，」布林克露出憐憫的笑容，「那就代表基恩說一說吧。」

「我該談什麼？談你嗎？如果是你，我倒是有很多話可說。」

「我就不必了，」布林克陰沉地環視大廳內的人，彷彿在確認些什麼，「身為傷兵的人是你。」

「布林克，」菲尼斯的聲音聽起來變得很緊繃，我從沒聽過他這樣，「你是腦袋壞了還是怎樣？」

「沒有，」布林克語氣平淡地說，「腦袋壞掉的是雷普，我們的另一個傷兵。但我們今天要調查的是你。」

「你在說什麼鬼話呀！」我立刻打斷他。

「我們要調查菲尼斯的意外！」他的語氣好自然，彷彿這是當下既無從避免又不證自明的一件事。

我感覺血液沖上腦門。「畢竟，」布林克繼續說，「外面有一場戰爭在進行，而我們已經損失了一位士兵。我們得知道發生了什麼事。」

「只是確定一下，」一個坐在講台上的人說，「你同意我們這麼做吧，基恩？」

「我今天早上跟布林克說過了，」我的聲音顫抖得非常厲害，「我認為這是最糟糕的……」

「而我則說，」布林克的聲音充滿權威，冷靜自持，「為了菲尼斯好，」然後他在語氣中加了一絲真誠，「也是為了你好，基恩，我們應該把這一切講開來。快要年終了，我們不希望有任何祕密、疑慮或莫名的流言散布在我們之間，是吧？」

在大廳的這一片迷離氣氛中，許多人同時發出了同意的含糊聲響。

「你們在說什麼呀！」菲尼斯的語氣中響著輕蔑的樂音。「什麼流言？什麼疑慮？」

「你不用在意，」布林克的表情非常肅穆。他可享受了，我挖苦地想。他把自己當成正義的化身，正在試圖平衡天秤的兩側呢。不過他忘了，正義的化身不只負責平衡天秤，他的眼睛還得被蒙起來呀。「為何不用你的話把事發經過說一遍呢？」布林克繼續說。「就當作是配合我們吧，如果你想這麼看待的話。我們不是想要讓你難受，就告訴我們吧。你也知道，我們會問你，一定是因為擁有一個好理由……幾個好理由。」

「沒什麼好說的。」

「沒什麼好說？」布林克的目光集中在那塊包住菲尼斯小腿的小小石膏，接著是他擱在雙膝間的拐杖。

「那好，這麼說吧，我從樹上掉下來了。」

「為什麼？」講台上有人說了。大廳音效太差，光線又太暗，我幾乎分辨不出是誰在說話。我只分辨得出站在我們和講台之間的布林克和菲尼斯，他們就站在與兩邊隔絕的那條大理石走道上。

「為什麼？」菲尼斯重複了問題。「因為我有一步沒踩好。」

「你失去平衡了嗎？」那聲音繼續問。

「對，」菲尼斯嚴肅地回應，「我失去了平衡。」

「你的平衡感比學校中的每一個人都好。」

「多謝稱讚。」

「我不是在稱讚你。」

「噢，好吧，那我不需要，謝謝。」

「你有沒有想過，自己可能不只是從樹上掉下來而已？」

這個問題擊中了菲尼斯心中一個反覆思量的疑點，我看得出來，因為他臉上原本固執又好鬥的表情消失了，而且第一次顯得專注。「真有意思，」他說，「但從那時候開始，我就一直有種感覺，感覺是那棵樹幹的好事。我腦中確實也留下這個印象。幾乎就像是那棵樹把我甩了下去。」

「集合大廳」的音響效果真的很差，即便是沉默時刻，空氣中都存在一股巨大的嗡鳴聲。

「還有另外一個人在樹上，是吧？」

「沒有，」菲尼斯立刻回答，「我記得沒有。」他看著天花板。「有嗎？說不定有人正在沿著樹幹上的木釘往上爬。我有點忘了。」

又出現了充滿嗡鳴聲的沉默，這次持續了很久，要是這段沉默永不結束，我就得被迫出聲了。此時講台上的一個人開口了，「我記得有人告訴我，基恩．佛瑞斯特也在……」

「菲尼斯人就在現場，」布林克強勢地打斷了那個人，「他比任何人都清楚狀況。」

「你也在那裡，是吧，基恩？」從講台上傳來的聲音繼續說道。

「對，」我覺得情況很有意思，「我是在那裡。」

「那你……離那棵樹近嗎？」

菲尼斯轉向我。「你在樹下，對吧？」他用的是和朋友講話的語氣，而不是之前那種面對法庭審判的聲音。

我一直在檢視自己雙手握拳時浮現的皺紋，但到了此刻，我還是抬起頭來，回應他探詢的眼神。「是在樹下，沒錯。」

菲尼斯繼續說：「你有看到樹抖動嗎？或者發生什麼事？」他對於自己提的荒謬問題也不太好意思，於是臉輕微地紅了起來。「反正我一直想要問你，管他的。」

我又仔細想了一下。「我不記得發生過那樣的事……」

「真是個瘋狂的問題。」他喃喃自語。

「我以為你也在樹上。」講台上的聲音又插嘴。

「當然呀，」菲尼斯誇張地笑出聲，「我當然在樹上呀——噢，你是說基恩？——他不在樹上——你是要問這件事嗎？還是……」菲尼斯在我和那位詢問者之間顯得困惑又進退兩難。

「我是在問基恩。」那個聲音說。

「菲尼斯當然在樹上，」我說。但我不可能繼續打馬虎眼，「我則在樹下，或者正沿著木釘往上爬，我想……」

「你怎麼可能指望他記得？」菲尼斯語氣尖銳地說，「當時發生的混亂事情可多了。」

「之前有一次，一個和我一起玩的小朋友被車撞了，我當時大約十一歲，」布林克嚴肅地說，「我記得當中的每一個細節，比如我所站的確切位置、天空的顏色、車子發出的煞車聲。我永遠都不可能忘記。」

「我們是兩個不同世界的人。」我說。

「沒有人指控你做了什麼。」布林克的語調變得很奇怪。

「哇，果然沒有人指控我……」

「別爭辯了。」他的聲音帶點妥協意味，但仍故作強勢，他還故意放出一些警告的訊息，但也極力避免被他人發現。

「不，我們不是在指控你。」講台上的某個學生語調毫無起伏地說，但此時的我根本就是被控犯罪了。

「我現在想起來了！」菲尼斯突然插話，眼睛明亮，彷彿鬆了一口氣。「對，我記得看到你站在河岸邊。你往上看，額頭上的頭髮都黏住了，就像你每次下水後的那副蠢樣。你還說了什麼？『別在那裡擺姿勢啦』或者一些好朋友才會說的玩笑話，就是你常說的那種。」他看起來很開心。「我記得我又開始擺姿勢，只是為了要更加激怒你，然後我說，我說了什麼呢？一些和我們兩人有關的話……對，我說『我們來個雙重跳吧』，因為我想，要是我們一起跳，那會是前所未見的場面呀，要是我們手牽手一起跳……」接著他的樣子彷彿被人甩了一巴掌。「不對，我是在地上跟你說了這件事，然後我們兩個人開始往上爬……」他突然停下來。

「你們兩個人，」講台上的男孩繼續嚴厲地逼問，「開始一起往樹上爬，不是嗎？但他剛剛說自己站在地上！」

「或者正在爬木釘！」我突然大喊，「我說了，我可能正在爬木釘！」

「當時還有誰在場？」布林克平靜地說，「雷普．雷普利爾也在場，是吧？」

「對，」有人說，「雷普在場。」

「講到細節，雷普最厲害了，」布林克繼續說，「他本來可以告訴我們大家站的位置、穿的衣服，還有當天所有的對話，甚至連氣溫都不會放過。他本來可以替我們釐清一切。真是太可惜了。」

沒有人說話。菲尼斯一直坐著，動也不動，身體稍微往前傾，和剛剛禱告的姿勢差不多。過了一段時間，他轉身，心不甘情不願地看著我。我沒有回望他、沒有動作，也沒有說話。最後菲尼斯終於從他接近禱告的姿勢直起身來，彷彿剛剛的樣子讓他很不舒服。「雷普人在這裡，」他非常平靜地說，還下意識地透露出尊貴的姿態，那樣子在我看來簡直古怪到不行。「我今天早上看到他走進卡哈特醫生的辦公室。」

「快！把他找來，」布林克立刻對著和我們一起來的兩個男孩說，「要是他還沒回家，一定就在卡哈特的其中一個房間裡。」

我保持沉默，但心底仍然自動又快速地算計了一下。雷普應該無法造成威脅，反正從來沒有人相信雷普，而且雷普已經失心瘋了，根本神智不清。一個人要是神智不清，連自己的意志都無法理解，那就更無法在這件事中作證了。

兩個學生才離開，氣氛就馬上放鬆了。反正有人採取了行動，現在便能暫時休兵。有人開始拿足球隊的「神奇隊長」開玩笑，說他穿了畢業長袍看起來像個女生。「神奇隊長」於是穿著十二號的鞋子故意朝我們小碎步走來，長袍兩側的布料彷彿喝醉般地在他臀部兩邊搖擺。有人在台上的紅色布幕後方受了傷，正從中探出頭來求救，就如同一名外國間諜。有人發表了一長串清單，內容是我們當晚所觸犯的所有校規。另外還有一個人滔滔不絕，表示只要小心計畫，我們就能在日出前打破所有還沒打破的校規。

儘管「集合大廳」的音響效果很差，外面的音響效果卻很厲害。我先是聽到腳步聲沿著外面的大理石階梯及走道朝我們而來，接著所有的談話聲和嬉戲聲戛然而止。就在他們走進大廳前沒多久，我便確定了，這當中有三個人的腳步聲。

雷普在另外兩個人之前走進來。他看起來好得很不尋常，臉龐發光，眼神明亮，舉止更是充滿活力。「怎麼樣？」他的聲音清晰，即便在這裡都能發出響亮回音，「我可以幫上什麼忙嗎？」他這句話充滿自信，彷彿是衝著菲尼斯講，但又好像不是。菲尼斯仍然坐在大廳中央，他喃喃地說了一些話，但雷普實在聽不清楚，所以轉身望向布林克。布林克則在他的直視下，侃侃而談地開始解釋一切。逐漸地，本來在他們三人進門時再次出現的噪音又消失了。

布林克掌控了現場的狀況。他始終不願提高音量，而是任由周圍的噪音沉落，這樣他的聲音才能在逐漸湧現的沉默中一枝獨秀，但又不致讓人發現他的意圖。「所以你當時就站在河岸邊，看著菲尼斯爬樹？」我知道，他是等到大家安靜下來才開始問這件事。

「沒錯。就在那棵樹的樹幹旁。我往上看，當時太陽已經快要下山了。我還記得陽光在我眼裡閃耀的樣子。」

「所以，你不能……」我無法克制地脫口而出。

有那麼一個短暫的片刻，所有人的耳朵都在聽我說，但眼神並沒有轉過來。接著布林克又繼續問：「你看到了什麼？你在陽光中看得到其他事物嗎？」

「噢，當然，」雷普用他那充滿自信的新語氣說著，聽起來好假。「我用手遮了一下陽光，像這樣，」他展示了用手遮在眼睛上的方法，「所以就能看到了。我可以清楚看到他們兩個人，因為陽光就在他們身邊閃耀，」他的語調中逐漸出現一股歌唱的韻律，彷彿正在克制自己孩子般的好奇心，「太陽的光線穿過他們身邊，成千上萬的光線穿過，就像……就像金色子彈的機關槍連發。」他沉默了一下，好讓我們思考這個精確的描述有多麼了不起。「就像那樣，如果你們想知道的話。總之，他們兩人站在上面，看起來一片漆黑，和死亡一樣漆黑，身邊還環繞著火焰。」

每個人都聽得出來，是吧？聽得出他聲音中的瘋狂。每個人應該都能看出他的自信姿態有多麼虛假。就算是傻子也該看得出來。不過現在不管我說什麼，都只會讓自己陷於險境。我必須靠別人來為我打這一仗。

「上面是指哪裡？」布林克粗魯地打斷，「他們兩個人正站在什麼的上面？」

「在那根枝幹上！」雷普有點惱怒，這種「不是很明顯嗎」的語調會讓他的話在眾人心中大打折扣。畢竟他們知道的呀，他以前從來不是這樣的人，他們應該知道他變了，而且無法為自己說的話負責。

「誰站在枝幹上？其中一個人站在另一個人的前面嗎？」

「嗯，當然。」

「誰在前面？」

雷普淘氣地笑了笑。「這我看不到。我只看到兩個身影，因為光線如火焰般穿越他們身邊，他們看起來黑得像……」

「這你已經說過了。你看不出誰在前面嗎？」

「不行，理所當然地，不行。」

「但你看得出他們站的方式。他們的相對位置究竟如何？」

「其中一個人在樹幹旁邊，手抓著樹幹。我無法忘懷這個場面，因為樹幹也是一片全然的黑影，而他的手抓住樹幹，以此支撐自己的身體，你了解我的意思嗎？在一片如火的光中，他們站在上方，而他把自己倚靠在一個如此堅固的物體上。」

「然後，發生了什麼事？」

「然後他們兩個都動了。」

「怎麼動？」

「他們動了，」雷普現在微笑了起來，一個弧度迷人的微笑，彷彿一個打算說些俏皮話的孩子。「他們像引擎一樣動了起來。」

在一片困惑的沉默中，我的身體逐漸放鬆了。

「像引擎！」布林克的表情彷彿又是驚訝又是作噁。「我想不起來那種引擎的名字，總之是有兩個活塞的那種。那是什麼引擎呀？嗯，總之，在這個引擎中，第一個活塞下沉，接著另一個活塞也跟著下沉。那個抓著樹幹的人先下沉，像個活塞般上下抖動，大概只有一秒，然後另一個活塞下沉，最後掉了下來。」

講台上有人大聲說：「先動的那個人害另一個人摔下去了！」

「大概吧。」雷普似乎對這話題失去了興趣。

「那個掉下來的人，」布林克緩慢地說，「是菲尼斯嗎？換句話說，就是活塞中的其中一個嗎？」

雷普的表情突然變得狡猾，聲音也變得毫無感情。「我不想自找麻煩。我不笨，你知道嗎？我才不打算告訴你一切，然後讓你們之後拿這些話來對付我。你們總是把我當成笨蛋，是吧？但我不再這麼笨了。我知道我掌握一些可能很危險的資訊。」他的怒氣愈來愈旺盛。「但我為什麼要告訴你！就只因為這些資訊剛好能讓你稱心如意嗎！」

「雷普，」布林克乞求著，「雷普，這件事很重要……」

「我也是，」他虛弱地說，「我也很重要。你們從來不了解，但我也很重要。你會被當成笨蛋，」他精明地看了布林克一眼，「你要是隨時隨地做了別人叫你做的事，你就會被當成笨蛋。死雜種。」

雖然沒人注意，但菲尼斯此時已經站了起來。「我不在乎，」他平板地說，聲音渾厚地壓過了所有人。「我不在乎。」

我從板凳上起身往他衝過去。「菲尼斯！」

他用力搖頭，眼睛閉著，隨後裝出完美的表情面對我。「我真的不在乎。你別在意。」接著他望向大理石地板另一邊的門。

「等一下！」布林克大叫，「我們還沒聽完全部證詞。我們還沒了解真相！」

這聲音似乎把菲尼斯的神智又嚇回來了。他立刻旋身，彷彿被人從後面偷襲一樣。「你自己去了解剩下的真相呀！」他大叫，「你自己去了解你的真相呀！」我從未聽過菲尼斯大叫，「你去了解世界上所有他媽的真相呀！」他從門口一頭衝了出去。

大廳外的音效很好，我們聽到他忙亂的腳步聲和拐杖的敲擊聲，先是沿著走廊，然後是大理石階梯的第一階，最後是一連串短促又雜亂的聲響，因為他的身體正笨拙地摔下那道白色大理石階梯。

12

這下子，每個人都繃緊了神經。布林克吼著要大家不准移動菲尼斯。這時有人意識到，現在只有夜班護士在醫務室值班，所以一點時間也沒浪費地跑過去，最後卻把史坦波醫生從他的住處帶來。而在史坦波醫生未到達時，還有人想起摔角教練菲爾・藍森就住在廣場對面，而且又是急救專家，於是也把他找了過來。他把菲尼斯在一道寬但淺的階梯上伸展開來，還要他保持不動，直到史坦波醫生抵達為止。

第一大樓的大廳和階梯很快就和白天一樣熱鬧。菲爾・藍森找到了主燈開關，所有的階梯於是沐浴在全亮的刺眼光線中。然而在第一大樓周圍，鄉村小鎮仍處於午夜的寂靜，讓所有匆忙的腳步聲和壓低的人聲都出現一種空靈的震動質地。窗戶則一樣漆黑，還是一副呆滯空洞的模樣。

布林克在混亂中轉身對我說：「回去集合大廳，看看講台上有沒有毛毯之類的東西。」我立刻衝上階梯，找到一條毯子，然後奔回去遞給菲爾．藍森。他仔細地把毯子環繞墊在菲尼斯身邊。

我好希望是由我來做這件事，那對我的意義將非常重大。不過菲尼斯可能已經開始用他所知的一切字彙詛咒我了，他可能已經氣瘋了。情況也許會更糟，所以我只敢離得遠遠的。

然而根據我偷看的幾眼，他的意識非常清醒，表情也很平靜。我們所有人都繃緊了神經，當然也包括菲尼斯。

史坦波醫生抵達時，階梯上一片寂靜。菲尼斯沐浴在水晶燈的光線下，身上包著毛毯，身邊環繞一整群緊密圍住他的臉龐。其他人群則站在上方階梯或下方階梯，全都往菲尼斯的方向看。我屬於站在下方階梯的那群，而在我身後的大廳則是一片空蕩蕩。

在一段靜默的檢查之後，史坦波醫生從集合大廳拿了一張椅子來，再把菲尼斯小心地移上去。在新罕布夏，人們不常被放在椅子上搬運，所以當他們把他抬起來時，他眼神非常奇怪地看著我，彷彿一個崇高的悲劇人物，一位受難的教皇。於是又一次，我又極度痛苦地覺得自己一直以來忽略了他內心脆弱的部分。但說不定只是因為我不習慣看到他被悲痛高舉的模樣，畢竟以他的天性而言，他才應該是把別人抬起來的傢伙。於是在我看來，當自己成為被幫助的對象時，他根本不知道該如何表現，也不知道該有什麼感覺，所以一路上都緊閉雙眼，嘴唇抿得死緊。其實就一般狀況而言，我應該是其中一位抬椅子的人，並沿途和他說些話。不過對菲尼斯來說，我伸出的援手向來不是他所需要的「幫助」。當抬著菲尼斯的隊伍緩慢前行，穿越光亮的大廳前往大門時，我突然明白：菲尼斯根本是把我當作自己延伸出去的一部分了。

史坦波醫生在門邊停下找電燈開關。有那麼幾秒鐘的空檔，菲尼斯身邊沒有人，所以我走向他，試圖提出問題來，卻找不到適當的詞彙。我不知道該如何開頭，不知道要從「是他」或者「什麼是」問起。此時，史坦波先生沒有注意到我內心的掙扎，只是和我交談起來，「又是腳。又斷了。不過這次斷得比較乾脆，我想，乾脆多了。就是一個簡單的骨折。」他找到了電燈開關，於是大廳再次陷入黑暗。

醫生的車停在外面。男孩們全都圍在一旁看著菲爾．藍森把菲尼斯抬進車子，接著是菲爾和史坦波醫生坐進車裡。然後車子緩慢開動，車頭燈在逐漸遠去的道路上形成兩道平行光線，接著光線在第一個路口往右轉，進入了醫務室的車道。此時終於有教職員聽到夜裡有狀況發生，於是幾個驚慌或者令人驚慌的教官開始出現在黑暗中，並命令學生回到宿舍，人群遂逐漸散去。

這時，拉斯柏瑞先生突然從一處不起眼的灌木叢中出現。「回宿舍去，佛瑞斯特。」我服從地應和，他於是滿意地嗯了一聲，喉嚨聽起來很乾，這讓我突然覺得很好笑，真的很好笑。對他而言，等著看我是否服從他的命令其實有失身分，所以我刻意拖延了一下才聽令。我走進河邊的樹叢，繞過通往教堂的那排樹，接著又轉回那棟校友捐獻卻沒人用過的大樓，再次跨過原本的那條街，無聲無息地走上醫務室車道旁的草坪。

史坦波醫生的車還停在草坪頂端，頭燈開著，引擎還在運轉，但車裡空蕩蕩的。我百無聊賴地想，乾脆把車偷走吧，就像許多人曾百無聊賴地考慮犯下自己剛好能犯下的罪行。我開始對偷車這件事的學術分析角度起了興趣：我其實很清楚這根本不算犯罪，根本一點意義也沒有，不過就是一次虛無的放縱，一次無路可去的逃亡。接著我走過車邊，聽到引擎不情願地發出頹廢的聲響，我記得自己心裡還想著，一個預備學校的校醫連想逃亡都沒一輛好車。我轉過眼前大樓的轉角，沿著醫務室的背面躡手躡腳地走著。大樓只有一扇窗戶亮著，就在最遠的那端，窗戶對面則有一叢稀疏的灌木，足以讓我藏身觀察窗內景象。然而窗戶太高，我無法直接清楚看到內部狀況，但我確定此處地面夠軟，足以讓我不發出聲音地跳起來偷看，於是便使盡全力往上跳。我瞥見一扇門在窗戶的另一側面對走廊大開，然後又跳了一次，看到一個人的背。再跳，什麼都沒變。我又跳了一次，此時一個人的頭和肩膀側面對著我，是菲爾・藍森。就是這個房間沒錯。

我腳下的地面太潮濕，不適合坐下，所以我蹲下來等。我可以聽到他們模糊單調的說話聲從窗戶傳出來，於是心想，即便他們沒做出更糟的事，這狀況也足以害菲尼斯因為無聊而死。哇，我的腦中今晚似乎充滿了精巧名言。由於一動也不動地蹲在地上實在太冷了，於是我起身跳了幾下，雖然看不到窗戶內的狀況，但也可以暖暖身。夜晚好安靜，只有史坦波醫生的車引擎偶爾發出不情願的悶響，還有孤寂的絲絲晚風穿過光禿的樹枝，發出高頻如哨的聲響。這些聲音形成了背景音，前景則是菲尼斯所在房內的單調談話聲，那是菲爾・藍森、史坦波醫生和夜班護士正在治療他的談話聲。

他們會說些什麼呢？這個夜班護士一直是學校裡最「長舌」的傢伙。相對於這位「長舌小姐」，身為正式註冊醫生的菲爾・藍森則幾乎不說話。此刻他說的其中一句話，大概是「如同讀大學般奮力一搏吧」，因為他不管碰到什麼事都要人奮力一搏。比如說，他就曾經要求學生全力迎擊世界上的各種問題，包含學術研究、體育活動、信仰缺失、性愛失調、肢體殘缺，或者一系列其他問題，並要求他們「如同讀大學般奮力一搏」。我仔細聆聽他的聲音，真的聽得很仔細，仔細到幾乎能把他的聲音跟其他人區分開來。他似乎說了：「菲尼斯，對於這骨頭呢，你得如同讀大學般奮力一搏。」

我今晚還真是料事如神。

菲爾．藍森是哈佛畢業的學生，不過我聽說他只讀了一年，說不定他之所以完蛋，就是因為要某人對某事「如同讀大學般奮力一搏」。那可能正是他被哈佛踢出來的原因，畢竟這世界上沒有「如同讀哈佛般奮力一搏」的說法。那有可能「如同讀戴文般奮力一搏」嗎？「如同戴文般使盡全力」？「就像戴文那樣使盡全力」？這倒不錯，「就像戴文那樣使盡全力」，我下次在菸屁股房就要這麼說。挺有趣的。我敢保證這可以讓菲尼斯感到……

史坦波醫生也是個愛嚼舌根的人，他又有什麼口頭禪呢？好像沒有。沒有嗎？他一定有些常說的話。每個人都有些常說的話，有些特定使用的字眼，或者習慣講的話語片段。不過史坦波醫生的問題是這樣：他會的字彙太多了，害得他一開口常常繞上好大一個圈子。我想他會的字彙大概至少有一百萬個，而他得把它們全部用完，才願意從頭再來一次。

他們現在大概就是這麼在裡面說話。史坦波醫生正在以最快的速度繞圈子，長舌小姐則大氣都快喘不過來地東說西說，菲爾．藍森則說：「如同讀大學般奮力一搏吧，菲尼斯。」至於菲尼斯呢，他一定在回應他們，但用的是拉丁文。

我幾乎因為這想像的場景爆笑出聲。

整片高盧分為三個部分——不管菲爾．藍森說了什麼，菲尼斯大概都是用《凱撒大帝》的這句拉丁文回應，至於菲爾．藍森的表情恐怕是一片空白。

菲尼斯喜歡菲爾．藍森嗎？是呀，他當然喜歡。但要是他突然轉頭對他說：「菲爾．藍森，你是個呆瓜。」那不是挺好笑的嗎？就某方面而言一定很好笑。或者他也可能說：「史坦波醫生，我的老友，你真是當今世上最囉唆的醫療執業人員。」當然，要是他打斷夜班護士的話，然後說：「長舌小姐，妳這個人爛透了，爛到骨子裡去了。我只是覺得該點醒妳一下。」那場面一定更好笑。菲尼斯一定不可能想到要說這些話，但我的腦子完全停不下來，整個人無法克制地笑個不停。我用手蓋住嘴巴，接著試圖用拳頭堵住自己的嘴，畢竟要是我無法控制自己，他們可能會從房間內聽到我的笑聲。我實在笑得太厲害了，笑到肚子都開始痛了，臉色也愈來愈紅，我只好用牙齒往拳頭咬，希望能克制自己的笑聲，這才發現自己的手上沾滿淚水。

史坦波醫生的車子還在疲憊地怒吼。車頭燈的光線閃爍地射向遠方，接著我聽到那費力的引擎聲逐漸遠去，但我還是不停聽著，不只是直到引擎聲真正消失，還等著那留在我記憶中的引擎聲完全消失為止。房間內的燈光已經滅了，也不再有聲音傳出。唯一剩下的，只有尖銳如哨的風聲掠過高高的枝頭。

在我身後有一盞路燈，就在幾棵樹的後方，燈光微微地反射在醫務室的窗戶上。我站到菲尼斯所在房間的窗戶底下，在水溝蓋上找到了一個踏腳處，然後我站直身體，讓肩膀與窗台同高，兩手往上伸向窗戶。我以為窗戶關得很緊，所以用力往上推，結果窗戶瞬間往上彈開。此時床上發出一陣受驚又急促的窸窣聲。我悄聲又急切地往房間裡頭說，「菲尼斯！」

「誰在那裡！」他嚴厲地詢問，身體往床外傾斜，任由街燈的光芒在他臉上搖曳。接著他認出我來，一開始，我還以為他要過來幫我爬下窗戶，但他卻花了很長時間試圖笨拙地起身。雖然當下的我又震驚又遲鈍，那時間還是長得讓我理解到兩件事：一、他的腿被固定住，所以不能隨心所欲；二、他正努力掙扎著要來對我發洩心中的恨意。

「我是來……」

「你還想來把我身上其他東西弄斷嗎！這就是你來這裡的原因嗎！」他在黑暗中瘋狂地揮舞手臂，床鋪在他身體底下發出呻吟，床單也因為他的劇烈動作發出蛇的嘶嘶聲。但他不可能傷到我，因為他無與倫比的肢體協調度已經沒了。他連下床都做不到。

「我想要治好你的腳。」我有點發狂地說，但語氣太過自然，反而讓我的話聽起來更瘋狂，就連我自己也這麼覺得。

「你要來治……」他撲了過來，身體無助地落在我們之間的地板上。他撲過來但落下了，腳還留在床上，雙手用力地拍向地面。他停住了一會兒，然後失去了所有力氣，就這樣把頭緩慢地垂放在雙手間。他沒有傷害自己。他只是把頭緩慢地垂放在雙手間，就這樣靠著地面休息，沒有移動，也沒有發出任何聲響。

「對不起，」我彷彿無頭蒼蠅，「對不起，對不起。」

我盡量冷靜地離開房間，也任由他自行掙扎地爬回床上。我從窗外滑回地面，並且記得自己就這樣躺在地上凝視夜空，那晚的夜空不算清朗，但也不至於灰濛濛。再後來我記得自己漫無目的地獨自走著，經過體育館，抵達一個舊水坑。我感覺眼前出現類似重影的影像，想要努力看清楚。我看見沐浴在幾道街燈光芒中的體育館，我當然也知道那就是我每天走進去的體育館，但它卻是也不是。那棟體育館彷彿有些本質古怪之處，好似擁有一個我從未察覺的隱祕核心，而且和平常呈現出來的外表完全不同。那棟體育館彷彿每刻都在我面前改變，並一點一點變成全新的建築，而且比我原本注意到的還要來得深沉、真實。那個水坑也一樣，我們冬天會在這裡偷打冰上曲棍球，但現在上面的冰已經裂了，只剩中間幾座島狀浮冰，邊緣殘餘的硬冰正在閃爍光芒。在這個時刻，就連環繞水坑的老樹也充滿意義，像是帶有迫切又難以破解的訊息。小路在此地往左彎，變成泥土地，繼續往運動場較低的那處延伸。在蒼白的夜間光線下，整座運動場彷彿被帶霧的氣流淹沒，而這氣流中滿是層層疊疊的意義，就連我往常從未懷疑的複雜現實也被淹沒了，最終浮現一股史詩般的壯盛風華，而那是以前我膚淺雙眼與俗世腦袋所視若無睹的美麗。一切在我面前完美無缺地展開，彷彿我才是一抹漫遊的鬼魂，而且不只是今晚，一直以來都是，彷彿我從未在這運動場上玩鬧過百次，彷彿我從未踏足其上，彷彿我在戴文的生活不過是一場夢，或者應該說，戴文當中的運動場、體育館、水坑、其他大樓和所有人都極為真實、生龍活虎又充滿無止境的意義，唯有我這個人是一場夢，唯有我從未真正碰觸到任何事物的虛無存在。我感覺自己此刻無法、之前無法、以後也永遠無法屬於這強大又意義深刻的世界。

我走過跨越戴文河的橋，那條泥土路在橋的另一邊轉向禮堂，禮堂內的兩側各有一區白色的水泥座位，現在對我來說，卻如同阿茲特克廢墟一樣神祕奇異，當中滿是消失的人群與儀式殘影，另外殘留的還有崇高的情緒和悲劇。我想到一句老話，「要是這些牆可以說話」，此刻我對這句話的感受比誰都來得深刻，就在當下，我感覺這些牆不只會說話，還對我散發出魔力。事實上，這座禮堂一直都在訴說著強大的話語，就連現在也是。只是我沒聽到，因為我並不存在。

第二天早上我在禮堂下方一個乾燥又有遮蔽的小土丘上醒來。我的脖子因為整晚睡姿不良而僵硬。太陽高掛天空，氣息清新。

我走回學校的中心區域，吃了早餐，然後回宿舍取筆記本。今天是禮拜三，我在九點十分有一堂課，不過卻在房間的門上發現一張史坦波醫生寫的字條。「請帶一些菲尼斯的衣物和衛浴用品到醫務室。」

我從房間角落拿了他積滿灰塵的行李箱，在裡面裝了他可能需要的物品。我不知道到了醫務室後我該說些什麼。一切簡直像是重演一次：菲尼斯在醫務室，而且全是我的錯。不過比起去年八月那一次，我似乎不再那麼震驚了。當時對我來說確實是青天霹靂，不過此時在我們周遭的空氣中瀰漫著更糟糕的事，彷彿瀰漫著一股怪味，當中包括了「等離子」、「精神病患」和「磺胺」，總之全是一些以拉丁字尾作結的怪異詞彙。我新聞畫面和雜誌上滿是彈藥爆出火花的影像，不然就是屍體半沉陷在海灘的沙子裡。我們這一九四三年的畢業班正快速朝向戰爭移動，快到即便我們還未抵達，就已經出現了傷兵：一個腦子壞掉，一個斷了腿。說不定在這段加速前進的過程中，這就是我們必經的意外，輕微但無法避免。畢竟我們周遭的空氣中還瀰漫著更糟糕的事。

在我提著行李箱走向醫務室時，我就是以這種方式想讓自己冷靜下來。我告訴自己，畢竟還有人對著洞穴發射火焰好把別人活活燒死，還有船被魚雷擊中以致數千人就這樣沉入冰冷海裡，另外還有許多城市瞬間陷入火海。這樣說來，我那瞬間出現且持續幾乎不及一秒的敵意，在我意識到之前就已掌控了我並又離開，在這樣充滿浩劫的世界中又算得了什麼？

我拿著菲尼斯的行李箱抵達醫務室，走進去。空氣中滿是醫院的氣味，那味道其實和體育館有點像，只是少了那種屬於人類運動過後的活力。這已經成為菲尼斯人生的新背景，一種純粹的醫療氣息，當中不存在任何體格強健的元素。

走廊剛好是空的，我沿著路徑走，心裡感覺到一種致命的興奮。所有疑慮都已被消除。當時有句話在戰時正流行──「就這樣了」──雖然這句話後來成為一種諷刺，但在某些時候，那卻是你在事件最後唯一能精準描述狀況的呆板句式。而現在正是一個好例子：就這樣了。

我敲門，走進去。他腰際以上的衣服全脫掉了，正在翻閱一本雜誌。我本能性地低著頭，殘存的勇氣只夠偷瞄他一眼，然後平靜地說：「我把你的東西帶來了。」

「把行李箱放到這邊的床上，好嗎？」他說話的語調彷彿死去了核心，整個人既不友善也沒有不友善，既不感到有趣也不無聊，既不充滿活力也不疲累。

我把行李箱放在他身邊，他打開行李箱，開始在我替他打包的備用內衣、襯衫及襪子中翻找。我如履薄冰地站在房間中央，努力想找個地方盯著看，極度想離開卻又提不起勇氣。菲尼斯仔細地檢查那些衣物，整個人顯得非常冷靜。但他會這麼仔細檢查實在很不正常，也完全不像他會做的事。他真的花了很長的時間，然後我發現，原來他是努力想把梳子從一個當作把手的板子下面滑出來，但手卻抖得滑不出來。看到這一幕後，我終於忍不住了。

「菲尼斯，我之前就試過要告訴你了，我那次去波士頓時就試過要告訴你了……」

「我知道，我記得。」他還是無法完全控制自己的聲音。「你昨晚來這裡到底要做什麼？」

「我不知道。」我走向窗口，把雙手放在窗台上。我抽離地看著這雙手，彷彿這是別人雕刻出來放在這裡展覽的一雙手。「我必須來。」然後我又無比艱難地補充，「我覺得我屬於這裡。」

我感覺到他轉過來看我，所以我抬頭看他。他臉上有一種特殊的表情，那表示他覺得自己明白了一件事，但不確定該不該表現出來。那是一種篤定、頓悟的表情；這表情是我長久以來看過最高貴的事物。

他突然一拳捶向行李箱。「我多希望上帝從未讓戰爭發生。」

我犀利地看著他。「為什麼這麼說？」

「因為戰爭，我不確定自己是否能承受這件事。我不知道……」

「你是否能承受……」

「拖著一條爛腿在戰爭中可以有什麼貢獻！」

「嗯，你……怎麼會呢？還有很多……你可以……」

他又開始彎身在行李箱中翻找。「我整個冬天都在寫信給陸軍、海軍、海軍陸戰隊，還有加拿大那邊。你知道嗎？我用鎮上的郵政信箱當回郵地址。他們在看過我的醫療報告後，全都給了我一樣的答案。那就是不可能。我們不能用你。我也寫信到海岸巡防署，寫信到美國商船學院，還給戴高樂將軍本人寫信，還寫給蔣介石，我還準備要寫信到蘇聯了。」

我努力想擠出一絲笑容。「你不會喜歡蘇聯的。」

「要不是因為這場戰爭，**蘇聯的所有地方我都恨！**你以為我為什麼要一直說戰爭沒有發生？我就是打算一直說，一直說，直到我收到來自渥太華或蔣介石的回信寫著：『好，你可以在我們這裡入伍。』」一絲目標達成的喜悅閃現在他臉上，彷彿他真的收到了那樣一封信。「然後，戰爭才可以開始存在。」

「菲尼斯，」我的聲音破碎了，但我還是繼續說，「菲尼斯，你在戰爭中本來就無法做些什麼，就算你的腳沒出事也一樣。」

他看起來非常驚訝。那讓我害怕，但我知道我說的話是對的，而且很重要。我的聲音找到了正確的語調，那代表我終於把一件長久以來感覺到並理解的事情說了出來。「他們會把你帶到前線的某地，然後哄騙你作戰。接著你會突然發現自己完了，眼前只有德國人或日本人，他們會問你要不要加入他們來對抗我們。然後你會坐在他們的某個指揮據點中教他們英文。沒錯，你會變得愈來愈困惑，甚至開始借穿他們的制服，還會把你的制服借給他們。對，這就是你會發生的事。一切都會亂成一團，再也沒人知道自己在跟誰打仗。你只能面對一場混亂，恐怖而誇張的混亂，菲尼斯，戰爭就是這樣。」

他一邊聽我說話，一邊努力讓自己的臉保持冷靜，但最後只是一邊哭一邊掙扎著想控制自己。「你在樹上只是突然有了一股不明的衝動，對吧？你不知道自己在做什麼，對吧？」

「是呀，是呀，就是那樣。噢，就是那樣，但你怎麼可能相信呢？你怎麼可能相信？我甚至無法假裝看你這麼相信。」

「我可以，我可以這麼相信。我有時也會氣到發狂，氣到幾乎忘記自己做了什麼。我想我相信你。我想我可以相信你。就是那樣了。有些事情就是會控制你，並不是你真的對我有敵意，並不是你一直以來對我抱持恨意。這完全不是個人恩怨。」

「不，菲尼斯，我不知道如何讓你明白，我要怎麼讓你明白？告訴我該怎麼讓你明白。那只是我心中一個未知的部分，一個瘋狂又盲目的部分，就只是那樣。」

他咬牙切齒地點點頭，閉上的雙眼滿含淚水。「我相信你。沒關係，因為我了解你，我相信你。你已經讓我明白了。我相信你。」

那天後來的時間過得很快。史坦波醫生在走廊上告訴我，他打算那天下午把骨頭歸位。五點左右過來吧，他說，到時候菲尼斯應該已經從麻藥中醒來了。

我離開醫務室，去上我十點十分的課，那堂上的是美國歷史。派屈威雀思先生給了我們一場五分鐘的手寫測驗，要我們寫下憲法中五條「必須且適當」的條文。十一點時，我離開上課的大樓，穿越「中廣」，雖然季節還不到，但已經有幾位學生躺臥在上面。我走進第一大樓後爬上菲尼斯摔下來的那道階梯，然後去上十一點十分的數學課。老師給了我們三道三角數學題，但我完全不記得自己是怎麼寫完的。

十二點，我離開了第一大樓，重新穿越「中廣」後走進「傑爾．波特大樓」吃午餐。午餐是裹粉炸的小牛肉排，配上菠菜、馬鈴薯泥和澆了奶油的果乾。我們在餐桌上討論馬鈴薯泥是否加了硝石，我堅持站在「沒加」這一邊。

吃完午餐後，我和布林克一起走回宿舍。關於昨晚的事，他只問了菲尼斯現在狀況如何，我說他似乎精神不錯。然後我走回房間，開始讀老師為《貴人迷》㉓指定的頁數。兩點半時，我離開房間，開始沿著冬天時菲尼斯訓練我慢跑的橢圓路線走，我走到了「遠廣」，後來還到了更遠的體育館。我經過了「獎盃室」，下樓，走進了氣味刺鼻的更衣室，換上體育長褲，然後花了一小時在那裡摔角。我成功壓制了對手一次，他也成功壓制了我一次。菲爾．藍森還教了我一個脫身的方法，是朝著對手的背部做出一個改良的翻筋斗。然後他開始談論菲尼斯的意外，但我只是專注於練習逃脫技巧，所以這個話題就略過去了。然後我沖了個澡，回到宿舍，又重讀了《貴人迷》中的一部分。四

㉓《貴人迷》（*Le bourgeois gentilhomme*）是法國喜鬧劇作家莫里哀（Molière, 1622-1673）於一六七〇年完成的作品。

點四十五分，我本來該去「任命規畫委員會」，因為他們想說服我接替布林克的職位，但我還是去了醫務室。

史坦波醫生正在走廊上巡邏，他只要不忙時就會這樣做，所以我坐在板凳上等候。身邊充滿醫院氣味。大約十分鐘後，他匆匆忙忙地從辦公室走出來，頭低著，雙手深深陷在白色罩衫裡。他沒有注意到我，一直到快經過我時才發現我的存在，然後他停了一下，眼睛小心地迎向我。我用冷靜的聲音說：「那麼，先生，他還好嗎？」然而我才剛說出口，就沒來由地被自己的聲音嚇到了。

史坦波醫生在我身旁坐下，把一隻看似有力的手放在我腿上。「這樣的事，我想你們這一代的男生會常常目睹，」他輕聲地說，「我必須告訴你，你朋友死了。」

他說的話根本沒有道理。我感覺背脊和脖子逐漸發涼，就那樣了。史坦波醫生繼續毫無道理地說下去，「那是一個簡單、乾脆的骨折，任何人都能把骨頭歸位。所以當然，我沒把他送回波士頓，我沒有必要這麼做，是吧？」

他似乎在期待我回答，所以我搖搖頭，重複他的話，「你沒有必要這麼做。」

「在過程中，他的心臟就這樣停了，沒有任何預兆。我無法解釋。不，我能解釋，只有一個原因。我在移動骨頭時，一些骨髓一定是滲進血液裡，最後流到心臟，才導致心臟停止。那是唯一可能的解釋。唯一的解釋。手術有風險，一直都有風險。和其他地方比起來，手術房只是一個風險被正規化的地方罷了。其實手術房就是戰場。」然後我發現他開始失去控制。「為什麼這一切要這麼快地發生在你們身上？在戴文？」

「他的骨髓……」我漫無目的地重複他的話。終於這句話刺穿了我的心。菲尼斯死了，因為骨髓滲進他的血液，最後流到了心臟。

我當時沒有為了菲尼斯哭泣，之後也沒有。就連在波士頓郊外，看著他被下降到拘謹肅穆的家族墓地中時，我也沒有哭。我覺得那就是我的葬禮，那種感覺揮之不去，而在自己的葬禮中，死者是不可能哭的。

13

在戴文當中，圍繞著「遠廣」的四方中庭從未被視為必要的存在。戴文的精華是在別處，是在環繞著「中廣」的建築群，也就是那個比較舊、比較老的建築群。那才是這個學校展現歷史之所在。無論是傳說中的暴動、總統來訪，還是為了內戰號召眾人入伍，如果不是在那邊的大樓裡，也是在那些大樓前身的場地裡。而所有的高層人士和教職人員，都是在那裡開會，預算也是在那裡編列，就連學生要被退學，也是在那裡做出決定的。總而言之，只要你跟任何一位校友提到「戴文」，他們腦中浮現的畫面就是「中廣」。

至於「遠廣」就不同了。那是一個富有的女性贊助人捐贈的禮物。「遠廣」和學校其他建築一樣走喬治亞風格，但除此之外，還有一種優雅拘謹的氣息，也的確讓戴文的整體建築風格變得更為有意思。不過「遠廣」中的磚塊排得太有技巧了，木材也缺乏應有的薄脆特色。因此，既然這裡不代表戴文的精神，所以大家也毫不在意地把此地奉獻給了戰爭。

從我房間的窗戶可以看到「遠廣」，所以六月初的時候，我站在窗前，親眼目睹戰爭進入並佔領此地。首先是先遣部隊從車站沿街進入，當中有好幾部吉普車，這些吉普車行駛的方式非常內斂，畢竟在這些老舊的道路上，最顛簸的路況也就是幾顆卵石，所以那些輪子的強力迴轉功能毫無用武之地。由於無法展現所有能力，我覺得那些吉普車看起來不太舒服。畢竟比起之前離開的舞台，實在沒有其他舞台能供它們表現了。當我看著那些吉普車時，我幾乎確定，它們寧願以八十英里時速衝上華盛頓山，也不想在這些老舊的街道上緩慢運轉。這些車子讓我聯想到青少年，那些專屬於青少年的酸楚與滑稽。

跟在吉普車後方的是幾輛重裝卡車，塗裝是橄欖綠，再後面就是士兵。他們看起來並不好戰，而且隊伍歪歪倒倒，卡其色軍服在火車上都坐皺了，嘴裡還唱著旋律輕快的〈榨乾酒桶〉（Roll Out The Barrel）。

「那是什麼？」布林克在我身後說，越過我肩膀指著那些卡車，卡車的後方已經掀開了。「那些卡車裡裝什麼？」

「看起來像是縫紉機。」

「確實是縫紉機！」

「我猜降落傘技工學校必須有縫紉機。」

「真希望雷普加入空軍，然後被分配到降落傘技工學校……」

「我不認為情況會有所不同，」我說。「我們別談雷普了吧。」

「雷普不會有事。反正他又不是被除役。等戰爭結束，過個兩年，人們就算想到『依照第八條規定退伍』，也不過就是聯想到普爾曼式火車上的一個返鄉臥鋪罷了。跟別人一樣，根本沒什麼特別的。」

「對啦，現在你又關心了？為什麼要談論一些我們無法改變的事呢？」

「也是啦。」

永遠不要談論無法改變的事。這個看法非得正確不可，而且還得讓許多人認同。關於發生在菲尼斯身上的事，從來沒有人怪我不負責任，他們要不就是不相信，要不就是無法理解。我本來可以談論這件事，但其他人沒有這個打算，然而有關這以外的觀點，我也沒有談論的意願。

吉普車、士兵和縫紉機全都聚集到了「遠廣」的四方中庭。在其中一棟大樓（維茲大樓）的階梯上，此時正在舉行的，像是一場座談會，也可能是某個典禮。校長和幾位資深教職員一起站在門前，幾位空軍軍官則相隔一段距離站著，但是彼此都聽得到談話聲音。接著校長前進了幾步，加大手勢，顯然是在對士兵說話。接著另外一位軍官走到同樣位置開始發言，他講話比較大聲，也講得比較久；我們比較能聽到他的聲音，但不清楚內容。

在他們身邊環繞著新英格蘭的美好天光。和平降臨在戴文，彷彿一次庇佑，彷彿夏日的和平重現，彷彿一次緩刑，彷彿是新罕布夏對於冬季死寂思維的一次補償。在這樣的夏日中，什麼工作都不急；所有裁製出來的降落傘甚至不比餐巾紙有用。

然而或許，只有我和少數幾個人會有這種感覺，也就是曾經參加夏日吉普賽漫遊的那些人，不過人數比那時候還少也說不定。舉例來說，當時的查特和巴比有這種感覺嗎？除了那一盤盤的蝸牛之外，雷普有感覺嗎？我能確定的只有兩個人，就是菲尼斯和我。所以現在還有這種感受的或許只剩我了。

那群人開始散開前往「遠廣」各處。此時宿舍的窗戶快速打開，無數的橄欖綠毯子被往外拋後掛在窗台上。人們花了好大力氣，才把縫紉機搬進「維茲大樓」。

「我爸爸來了，」布林克說，「我要他把雪茄帶到『菸屁股房』那裡。他想要見見你。」

我們走到樓下，發現黑德利先生坐在一張凹凸不平的椅子上，正努力克制自己對周遭環境的厭惡。不過當我們走進去時，他還是誠懇地起身和我握手。這是個外貌傑出的男人，比布林克高，所以人們不容易注意到他身形豐腴。他的白髮很厚實，看起來很健康，臉龐也是健康的粉紅色。

「你們這些小鬼看起來不錯，真不錯，」他真心地說，「比那些剛剛走進來的陸軍麵團寶寶好多了。還有，他們的軍火是怎麼回事！縫紉機！」

布林克把手指插進褲子後方的口袋。「這是一場技術戰爭，他們什麼機器都得用上，就連縫紉機也是。你不覺得嗎，基恩？」

「這個嘛，」黑德利先生繼續強勢地說道，「在我們那個年代，我無法想像任何男人坐在縫紉機前工作。完全無法想像。」接著他快速轉換情緒，又真心地笑了起來。「時代改變了，戰爭也改變了。但是男人不會改變，對吧？你們這些小鬼就是我們那代的投影。看到你們真開心。你打算加入什麼部隊，孩子，」他問的是我，「海軍陸戰隊？空降部隊？現在可以加入的部隊簡直見鬼的多，都好刺激。還有一群被稱為『蛙人』的傢伙，負責水下破壞之類的。為了擁有這麼多選擇，我還真願意再當一次小孩子呢。」

「我打算等到被徵召為止，」我努力保持禮貌，試圖誠實地回答問題，「但要是我這麼做，他們可能會直接把我分配到步兵部隊，那裡不但最髒也最危險，是最糟的單位。所以我打算加入海軍。他們會把我送到彭薩科拉，我大概會接受很多訓練，但至少永遠不用見到任何散兵坑。希望如此。」

「散兵坑，」那是一個挺新穎的名詞，我不確定黑德利先生是否了解意思。不過我看得出來，他對我所說的一切都不是很同意。「然後是布林克，」我又說，「他已經準備好加入海岸巡防隊了，那也很棒。」黑德利先生的眉頭皺得更深了，但他世故的表情仍稍微掩飾了一點不滿。

「你知道嗎，爸，」布林克突然插嘴，「海岸巡防隊得做一些很艱苦的差事，比如在沙灘上把人放倒。就是那些危險的兩棲任務。」

他父親輕輕地點頭，低頭看地板，然後說，「你得去做你認為正確的事情，但一定要確定，這在長遠看來是正確的，而不只是為了現在。你在戰爭中的記憶會跟著你一輩子，等戰爭結束後，人們至少會向你問個幾千次。人們對你的尊敬會來自這裡——別誤會我的意思，我是說有一部分會是這樣——要是你可以說自己上過前線，真正看過槍林彈雨，對你之後的日子可說是意義重大。我知道你們這些小鬼想要先多方了解，但不要到處去說你想要過得舒服一點，還有哪個單位太髒之類的話。現在我已經了解你了——我覺得我了解你了，基恩，就像我了解布林克一樣——但其他人可能會誤解你。你們想要為國效命，就這樣。你們想要為國家效命，這是你們最棒的時刻、你們無上的特權。我們都為你們感到驕傲呀。而且我們所有人——所有像我這樣的老人——全都在嫉妒你們呀。」

我看得出來布林克比我還尷尬，但回答父親畢竟是他的責任。「嗯，爸，」他咕噥著說，「該怎麼做，我們就會怎麼做。」

「那不是個很好的答案，布林克。」聽得出來他正在努力保持理智。

「我們能做的就是這樣了。」

「你們可以做得更多！更多！如果你們想要一個足以讓自己驕傲的軍旅紀錄，你們願意做的事可多了，那可不只是盡盡義務罷了。相信我。」

布林克暗暗地嘆了口氣，他父親則全身僵直，沉默，努力想讓自己放鬆些。「你母親在外面的車上，我最好回去找她了。你這小鬼最好清理一下——啊，你的鞋子，」他雖然不情願，但還是不得不提醒一下，「你的鞋子，布林克，稍微擦一下？——我們六點在旅店見面?」

「好的,爸。」

他父親離開了,那股不熟悉的飽滿雪茄氣味也隨之消失。

「我爸老拿報效國家那一套來訓話,」布林克抱歉地說,「我真希望他可以少講個一兩句。」

「沒關係。」我知道所謂的友情就是要接受對方的缺點,當然也包括對方父母的缺點。

「我會主動入伍,」他繼續說,「我會如同他講的去『報效國家』,說不定還會因此而送死。但要是我真的出現他那種『奈森·哈爾㉔式的愛國情懷』,就是我該死。那些第一次世界大戰的胡說八道總會讓我暴跳如雷。只要談到那場戰爭,他們都是小孩子,你有發現嗎?」他攤坐在剛剛讓他父親不安的那張椅子上。「那實在很煩人,就我來說,我才不是什麼英雄,你也不是。那個老傢伙更不是,從來就不是。我才不在乎他

㉔奈森·哈爾(Nathan Hale, 1755-1776)是美國獨立戰爭中的英雄人物,他在被英國俘虜吊死前說了一句名言:「我只遺憾自己能獻給國家的命就那麼一條(I only regret that I have but one life to give for my country.)。」

說他之前在蒂耶里堡㉕幾乎成就了些什麼。」

「他只是努力想跟上時代。他大概只是覺得自己格格不入，在這個時代顯得太老了。」

「格格不入！」布林克的眼神亮了起來。「格格不入！還不是他和他那群人搞出了這一切！而我們得為了他們上戰場！」

我之前就聽過布林克抱怨關於上個世代的事情，因為他太常抱怨了，我才終於了解，原來這導致了他在冬天時的從軍想像幻滅。他開始憎恨數以百萬計的陌生人，這種憎恨非常空泛，還帶有一點自我厭棄的意味。然而在這當中，他唯一認識的人是他父親，所以他們處得不好。就某種層面而言，這和菲尼斯的觀點不謀而合，只不過菲尼斯採取的是比較滑稽的眼光；他把一切視為一場惡作劇，主導者則是那些躲在幕後的肥胖蠢老頭。

我永遠都不可能同意他們的看法，兩種都不行。那些想法簡單舒適，但我無法相信。因為很明顯地，戰爭不是因為特定世代而生，也不是因為某個世代特別愚蠢才發明出來。戰爭根本是被人心當中的無知創造出來的。

布林克上樓，繼續打包，我則走到體育館收拾我的衣櫃。當我走過「遠廣」時，我發現這裡已經迅速變成我不熟悉的樣子了。巨型的綠色圓筒被策略性地安置在各處，地上釘滿指示辦公及各式區域的白色標記。另外還有一些比較抽象的改變：氣氛變得俐落，散發出一種專業的樂觀主義，還有一種決意維繫高道德標準的堅強意識。我以前在戴文有過許多歡樂時光，但此刻的氣氛只代表午後時光已經結束。歡樂時光已然消失，橡膠、絲綢和許多其他日用品也跟著消失，取而代之的是戰爭時期的人造織品和高士氣。一切都是為了這段「時期」。

體育館中有一群人正在更衣室脫衣服，對於他們的身體，我能夠想出的最好描述，便是「瘦長並穿著嚇人的青苔色內衣褲」。

我從未談起菲尼斯，其他人也沒有；但自從史坦波醫生把他的死訊告訴我之後，他便出現在我生活中的每一刻。菲尼斯的活力非常驚人，無法被隨意澆熄，即便是他的骨髓也不行。那也是為什麼我無法談論他，也無法聽到別人談論他。因為他的存在是如此絕對，談論他的死只會讓我變得極為瘋狂——舉例來說，我無法使用過去式談論他——而我也沒辦法以此理解別人說的話語。在我們一起相處的時光中，菲尼斯創造出一種氣

㉕美軍曾在一次大戰時與德軍在蒂耶里堡（Château-Thierry）對戰。

氛，而我直到現在都還活在那種氣氛裡：你必須先以謬誤的自我標準衡量世界大小，然後才能一點一點地吸收外界磐石般的事實真相，並在不經歷混亂與失落的前提下完全接受。

我沒有認識過其他任何人能做到這一點。所有的人總會在某個時刻發現心中存在著某件事，而這件事和他們所認知的世界有著激烈的衝突。在那些年當中，這些時刻通常發生在人們了解戰爭的真相之時。當他們意識到，在這個世界上，有一個如此充滿惡意的事件和他們共同存在，他們原本簡單完整的個性便被破壞了，然後就變成了不同的人。

只有菲尼斯逃過了這一劫。他擁有一種特殊的力量，一種對於自我的強烈自信，和一種面對感情的自持姿態，這些都讓他得以倖免於這段過程。在他成長的過程中、在戴文，甚至在戰爭中，都沒有任何事能破壞他那和諧而自然的心靈整體。但到了最後，卻被我破壞掉了。

那些降落傘技工從大廳衝向運動場。我從更衣室的衣櫃中拿出球鞋、護身三角繃帶和體育褲後轉身離開。我第一次任由衣櫃門開著，任由它如同被拋棄又被遺忘地開著，當然也任由鎖頭鬆著。這比校長把畢業證書遞給我的時刻還像最後的完結。我的學習生涯就此結束了。

我沿著走道前進，越過一排排更衣室的衣櫃。我沒有左轉走向可以回到宿舍的出口，反而右轉，跟著那群美國空軍走到戴文的運動場上。那裡架起了一個木製高台，上面有一位指導員，正在要求下面一排排學生跟著他的指令做柔軟體操。

我再過幾個禮拜也會被編入這樣系統化的嚴明紀律中，但我對此已經沒有任何疑慮，雖然我還是很高興自己不是在戴文面對這件事，或者任何類似戴文的所在，但總之，我的內心已全無疑慮。事實上，在面對這一切時，我已經可以理解，甚至感到一陣溫暖與安心。我已經準備好面對戰爭了，我對戰爭了無恨意。我的憤怒已經消退。我可以感覺到它的遠去，它已經從源頭乾涸、枯萎，從此了無生機。菲尼斯為我吸收了這一切，並且帶走，讓我從此擺脫了怒氣。

負責「能力訓練」的指導員的聲音像青蛙叫，只是放大了一百倍。他正吼著軍隊中的數字代號，「哈！咻！嘻！吼！」我背對他們正要返回宿舍。這充滿力量的聲音彷彿空襲警報，穿越運動場與所有廣場向我掃射而來，讓我的腳步無法克制地跟隨節奏前進。

我的步伐臣服於那人的指令，就像幾個禮拜之後，我一樣會在烈陽下臣服於另一個人喊得更響的指令。就在那裡，我的步伐臣服於他人的指令，但我被菲尼斯完全塑造出來的內在仍然泰然自若。

我從未殺死過任何一個人，也從來沒有對敵人生出強烈的恨意。因為我的戰爭在穿上軍服前就已經結束了；我在學校的所有時光都在服役；而我已經在那裡消滅了我的敵人。

只有菲尼斯從不害怕，只有菲尼斯從不憎恨。其他人都在某個時刻見到了敵人，經歷了恐懼與驚嚇，並開始花費無數精力自我辯解。為了避開近在眼前的威脅，他們被迫發展出一種心態，「你看吧，」他們面對所有人、事的行為都在宣稱，「我是一隻謙卑的小螞蟻，我什麼都不是，我不足以構成威脅。」或者像拉斯柏瑞先生一樣，「誰敢威脅我？我人太高貴了，不值得捲入這種事，所以我不打算計較。」又或者像奎肯布詩，無時無刻都在進行反擊；又或者就像布林克，開始發展出一種輕率廣泛的恨意；又或者，就像雷普，他從自我保護的朦朧瘋狂中出走，與他一直以來所害怕的恐懼面對面，然後終於完全放棄掙扎。

所有人，除了菲尼斯以外，都覺得自己在前線彼方望見了敵人，並以無盡的代價構築了屬於自己的馬其諾防線㉖，然而就算敵人真的發動攻勢，也從未以我們想像的方式攻擊；我們甚至不知道對方究竟是不是敵人。

㉖馬其諾防線（Maginot Line）為法國陸軍部長馬其諾（André Maginot, 1877-1932）在法德邊境建造的鋼筋水泥防線，建造時間由一九二九年始，一九四〇年終，長度綿延數百公里。然而在二次大戰中，因為德軍的各種作戰策略使然，防線並沒有發揮非常好的效果。

國家圖書館預行編目資料

返校日／約翰・諾斯（John Knowles）著；葉佳怡譯. --初版. --臺北市：寶瓶文化, 2013. 3
面； 公分. --(Island；197)
譯自：A Separate Peace
ISBN 978-986-5896-22-5（平裝）

874.57 102004625

island 197

返校日

作者／約翰・諾斯（John Knowles） 譯者／葉佳怡
外文主編／簡伊玲

發行人／張寶琴
社長兼總編輯／朱亞君
主編／簡伊玲・張純玲
編輯／賴逸娟・禹鐘月
美術主編／林慧雯
校對／賴逸娟・陳佩伶・呂佳真
企劃副理／蘇靜玲
業務經理／盧金城
財務主任／歐素琪 業務助理／林裕翔
出版者／寶瓶文化事業有限公司
地址／台北市110信義區基隆路一段180號8樓
電話／(02)27494988 傳真／(02)27495072
郵政劃撥／19446403 寶瓶文化事業有限公司
印刷廠／世和印製企業有限公司
總經銷／大和書報圖書股份有限公司 電話／(02)89902588
地址／新北市五股工業區五工五路2號 傳真／(02)22997900
E-mail／aquarius@udngroup.com

著作完成日期／一九五九年
初版一刷日期／二〇一三年三月
初版三刷日期／二〇一三年三月二十八日
ISBN／978-986-5896-22-5
定價／二七〇元
A SEPARATE PEACE by John Knowles

AQUARIUS 寶瓶 文化事業

愛書人卡

感謝您熱心的為我們填寫，
對您的意見，我們會認真的加以參考，
希望寶瓶文化推出的每一本書，都能得到您的肯定與永遠的支持。

系列：Island 197　　**書名：返校日**

1. 姓名：＿＿＿＿＿＿＿＿　性別：□男　□女
2. 生日：＿＿＿年＿＿＿月＿＿＿日
3. 教育程度：□大學以上　□大學　□專科　□高中、高職　□高中職以下
4. 職業：＿＿＿＿＿＿＿＿
5. 聯絡地址：＿＿＿＿＿＿＿＿＿＿＿＿＿＿＿＿

   聯絡電話：＿＿＿＿＿＿＿＿　手機：＿＿＿＿＿＿＿＿
6. E-mail信箱：＿＿＿＿＿＿＿＿＿＿＿＿＿＿＿＿

   □同意　□不同意　免費獲得寶瓶文化叢書訊息
7. 購買日期：＿＿＿ 年 ＿＿＿ 月 ＿＿＿日
8. 您得知本書的管道：□報紙／雜誌　□電視／電台　□親友介紹　□逛書店　□網路

   □傳單／海報　□廣告　□其他
9. 您在哪裡買到本書：□書店，店名＿＿＿＿＿＿　□劃撥　□現場活動　□贈書

   □網路購書，網站名稱：＿＿＿＿＿＿＿　□其他＿＿＿＿＿＿
10. 對本書的建議：（請填代號　1. 滿意　2. 尚可　3. 再改進，請提供意見）

    內容：＿＿＿＿＿＿＿＿＿＿＿＿

    封面：＿＿＿＿＿＿＿＿＿＿＿＿

    編排：＿＿＿＿＿＿＿＿＿＿＿＿

    其他：＿＿＿＿＿＿＿＿＿＿＿＿

    綜合意見：＿＿＿＿＿＿＿＿＿＿＿＿＿＿＿＿＿＿＿＿
11. 希望我們未來出版哪一類的書籍：＿＿＿＿＿＿＿＿＿＿＿＿＿＿＿＿

讓文字與書寫的聲音大鳴大放

寶瓶文化事業有限公司

（請沿此虛線剪下）

廣　告　回　函
北區郵政管理局登記
證北台字15345號
免貼郵票

寶瓶文化事業有限公司　收

110台北市信義區基隆路一段180號8樓

8F,180 KEELUNG RD.,SEC.1,

TAIPEI.(110)TAIWAN R.O.C.

（請沿虛線對折後寄回，謝謝）